Olaf Olafsson

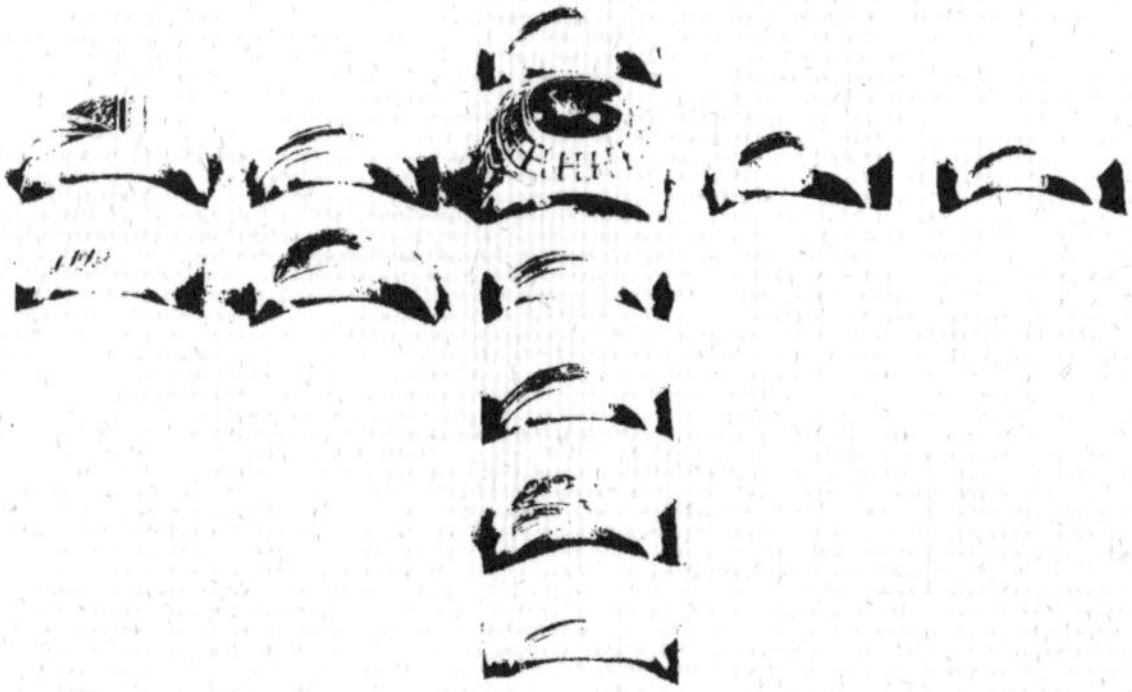

ヴァレンタインズ

オラフ・オラフソン　岩本正恵［訳］

白水社
ExLibris

ヴァレンタインズ

目次

装　丁
緒方修一

カバー写真

一月

ニューヨークで一泊することになるかもしれない、と彼は思っていた。飛行機は一時間遅れでアイスランドを発ち、ケネディ国際空港上空で延々と旋回して着陸許可を待った。機長の説明によると、地上は氷結と強い横風による問題があり、一時はほかの空港に着陸することになるかと思われた。けれども、最終的に飛行機は下降を始め、客室乗務員は座席に着き、不安になった人たちはお祈りを唱え、生まれ変わったらよりよく生きますと誓った。

旅慣れたトマスは平然としていた。翌日までシカゴ行きの便はないのはわかっていたので、マンハッタンに出て一泊することにした。彼はニューヨークの街が好きで、とくに若いころは出張でたびたび訪れていた。一度、転勤の話もあった。アイラ・トーブマンとハリー・ポインデクスターが引退することになり、東海岸の重要な顧客とのつながりを失うのではないかと会社が心配したときのことだ。けれども大先輩たちはトマスら後任のために入念に準備をしておいてくれたので、引き継ぎはスムーズだった。だれもがほっとしたが、トマスはふと考えこんだ。ふたりの大先輩はどんなときも欠かすことのできない人材とされていたからだ。数カ月後、サウナでひょっこり会ったトーブマンにトマスがそう漏らすと、先輩は彼の背中を大きく叩いて寛大な笑みを浮かべ、こう言った。「ビジネスでは余人をもって代えがたい人物などいないのだよ、トマスくん。きみだってそうだ」自分でもそれがわかっていたトマスは、一緒に笑うことができた。トーブマンは昔から彼の手本だった。おおらかで、冷静で、顧客に無理を言わなかった。自分で買わないような株を売りつけたり、目先の利益を追いかけたりしないことは、彼から学んだ。トーブマンとポインデクスターは尊敬されるだけの努力をしていた。顧客には毎日電話し、妻と子の名前だけでなく、乗っている車の車種まで知っていた。トーブマンは最後まで自分ではパソコンを持たなかったが、どんな質問にもすぐに答えられたし、デスクは完璧に整頓されていた。株式市場が急落すると、だれもが彼に電話した。彼は冷静を保ち、急激な変動が落ち着くまで売り買いはしなかった。トマスと同じく独身で、服装は細部まで気配りが行きとどき、引退してからもそれは変わらなかった。行きつけの仕立屋にトマスを紹介してくれて、仕事が丁寧で良心的な価格のその仕立屋は、トマスが行くたびに、体型を保っていらしてご立派ですとかならずほめた。

トマスの父はアメリカ人で、母はアイスランド人だった。ひとりっ子の彼はシカゴで育ったが、父が亡くなったあと、母とともにアイスランドに移った。彼は十代だった。港のそばにアパートを借り、母は保険会社の請求窓口の仕事に就いた。トマスはレイキャヴィクの高校を卒業し、大学はアメリカに戻って、イリノイ州立大学シカゴ校からノースウェスタン大学に移った。アイスランドがいやだったわけではないが、ミシガン湖畔の昔の家が恋しくて、母の国に根を下ろすことはなかった。

ここ数年、トマスは年末年始の休みにアイスランドを訪れることにしていた。たいてい十二月の二十七日か二十八日に着いて、一月二日に発った。母は老人ホームにいたが、あいかわらず生き生きとして元気いっぱいだった。トマスは友人や親戚に会い、大晦日には十数人を招いて〈ザ・グリル〉か〈ホテル・ホルト〉でディナーパーティを開いた。母はその日を一年前から楽しみにしていた。いつも上機嫌で、お開きになる前にかならず、いつ結婚するのかと息子にきいた。たいてい彼は、ほほえんで母の手を取り、「いつになるかな」と言った。母をがっかりさせたくなかったからだ。

けれども、今回はその問いかけに考えこんだ。きかれるのはわかっていたが、それでも、いざきかれると言葉に詰まった。このところ、永遠にひとりなのだろうかと自分でも思っていた。もう若くはなかったし、このごろは、以前には感じたことのない満たされない思いに悩まされるようになっていた。ついこのあいだ、クリスマスの少し前に、トーブマンの家を訪れて、彼から聞いた話にぎくりとしたばかりだった。「このあいだモーリーンと話したよ。きみはどうしてるかってきかれたぞ。今、ニューヨークに住んでいるそうだ」とトーブマンは言った。

トマスは、いわゆる真剣な関係を一度だけ経験していた。十年前にモーリーンと暮らしていたときのことだ。彼女はいくつか年下で、広告業界で働いていた。トーブマンの七十歳の誕生日パーティで出会い、会場のホテルの庭に一緒に出た。ふたりは木の下のベンチに座って語らった。夜は更けていたがまだ暖かく、花々や茂みのあいだでライトが輝き、ホテルからはにぎやかな音が聞こえてきた。彼女はさりげなく彼に寄り添い、笑顔は明るく自然だった。背中の大きく開いた白いドレスを着ていて、トマスは彼女の長くほっそりした首と肩を見つめた。肩はとても華奢で、彼は純粋な好奇心から触れてみたくなった。数日後、彼は彼女の職場に電話して、ディナーに誘った。彼女はよろこんで招待を受け、電話越しのその声は、ホテルの庭に座っていたときのように、明るくいつわりなく聞こえた。二カ月後、彼女は彼の家で暮らすようになった。自分から言いだしたにもかかわらず、トマスは覚悟ができていなかった。彼には決まったスタイルがあり、家を出て以来、自分ひとりのことを心配すればいい生活をつづけていた。暮らしはきちんとして秩序があり、毎日同じ繰り返しだった。平日は七時半には出社し、週末は早起きして、新聞を読み、掃除をして、近所を散歩するか、画廊を訪れ、そのあとで彼とトーブマンの行きつけのサウナに行った。土曜の夜は、友人たちと食事した。彼の暮らしはシンプルで、すべてのことがいつもどおりにいくよう気を配り、予定外のできごとを避けた。

トマスは感情の手綱を締めるよう、つねに心がけていた。心理カウンセラーは、そもそもは父の死がきっかけだろうと言った。トマスは父ととても仲がよく、亡くなったとき、母の悲しみかたが足りないと彼は心のなかで責めた。カウンセラーとの信頼関係ができたころ、彼はそのことを話した。トマスはカウンセラーと過去について時間をかけて話し合い、母が彼の前で泣き崩れなかったのは、彼への配慮だったのだという結論に達した。彼は、たとえ心のなかだけでも、母を非難したことを悔いた。

トマスはいつもの日常が変化したことになかなか慣れず、モーリーンは、自分が彼の邪魔になっていると考えた。彼女は要求が多いわけではなかったが、繊細だったので、折りに触れてどれほど彼を愛しているか伝えずにはいられなかった。一方、トマスのほうは、みずからすすんで愛を言葉にすることはなかった。それは彼のやりかたではなかった。

トマスがようやくモーリーンとの暮らしに慣れたと思ったころ、彼女は別れを切りだした。一緒に暮らして一年以上が過ぎて、トマスはモーリーンよりも先に起きて、眠っている彼女を眺めるのを楽しみに感じるようになっていた。けれども、それを彼女に話したことはなく、眠っている彼女に触れたくなっても、その気持ちを抑えた。彼女に出会って幸運だと思い、しあわせな未来を思い描いていた。それぞれの道を進んだほうが、おたがいにとって一番いいのではないかと彼女に言われたとき、彼は言葉も出なかった。

「あなたがわたしを愛しているとは思えない」と彼女は言った。

トマスは、そんなことはない、ここにいてほしいと彼女に訴えようとしたが、あきらめた。もしかしたら、自分の愛は十分ではないのかもしれない、もしかしたら、ほかの人ならもっと情熱的に愛せるのかもしれないと考えた。彼女の邪魔をするのは、フェアではない。きっと彼女は、もっといい相手に出会ったのに言い出せないのだろう、と彼は思った。

トマスはモーリーンの引っ越しを手伝い、それから数週間は、定期的に電話をかけて、ようすをたずねた。もしかしたら彼女は、彼が顧客のご機嫌伺いと同じつもりで電話をよこしていると感じたかもしれないが、それでも彼と会話したし、つとめて元気そうな声を出した。そしてある日、もう電話しないでほしいと彼女は言った。

「わたしのことは心配しないで」彼女は言った。「しばらく旅に出るわ。帰ったら新しい暮らしを始めるの」

それ以来、ふたりは会っていなかった。モーリーンはヨーロッパに引っ越したといううわさを耳にしたが、音信不通だった。トーブマンも同じで、トマスは彼女の消息を彼にたずねなくなった。それでも彼は、彼女を忘れたわけではなかった。あるときはパリで、ふと気づくと彼女を探していた。彼女がヨーロッパのどこに住んでいるのかまったく知らないのに、なぜこんなことをしているのだろうと彼は思った。それでもパリのような都会にいる彼女の姿が目に浮かぶようだった。あの長い首と、小鳥のように華奢な肩で、パリやローマやフィレンツェにいる。あの肩はそんな街がお似合いだ。

それからというもの、トマスは女性との交際に慎重だった。関係が長続きすることはなかった。女たちは深い関わりを求めた。

空港で預けた荷物が出てくるのを待つあいだに、トマスはホテルを予約した。〈プラザ・ホテル〉は休業中なのを知っていたので、ほかを当たった。彼は古いホテルが一番好きだった。調度が重厚で威厳があり、時間が静止しているように感じられた。もちろん、わざわざ市内まで出ずに空港周辺のホテルに部屋を取ることもできたが、それでは落ち着かないのはわかっていた。あるとき、インフルエンザにかかってシアトルの空港ホテルから動けなくなったことがあり、そのときの記憶がいまだに頭から離れなかった。部屋は殺風景で、照明は冷たく、窓から見えるものといえば、駐車場と、ハイウェイと、外国の航空会社のロゴが描かれた倉庫だけだった。日中の空虚さと静寂が、汚れたカーペットが、変な味のする水道水が、今も記憶に残っていた。あまりに気が滅入ったので、高熱があるにもかかわらずホテルを出た。インフルエンザから回復するよりも、沈んだ気分から回復するほうが時間がかかった。

荷物はなかなか出てこなかった。先に着いた便の荷物が台の上を回っているあいだ、彼の心はモーリーンへとさまよった。機内でも彼女を思い、着陸後、今晩のうちにシカゴへ着けないことが明らかになってからも、考えていた。「きみはどうしてるかってきかれたぞ」トーブマンは言った。「今、ニューヨークに住んでいるそうだ」

トマスは自分から行動を起こすのが大嫌いだった。見込み客に勧誘電話をかけたことは一度もなく、かわりに最初のコンタクトは仲介者に任せた。けれども、モーリーンは彼のことを気にしていたというし、この街に来たのも運命だ。ついに彼はチャンスに賭けることにして、番号案内に電話した。

モーリーン・イーガン。その名前でふたり登録されていて、片方の住所は東七十五丁目、もう片方はソーホーだった。彼女ならアッパー・イーストサイドに住むだろうと思い、トマスはそちらの番号を忘れないように急いで自分の携帯電話に入力した。それでも、すぐには電話しなかった。もっと考える必要があるような気がしたからだ。長い時間が過ぎた。十年だ。それでも、彼女は彼のことをたずねたのだし、あえてそれ以上はきかなかったが、彼女は彼に関心があってたずねたらしいことを、トーブマンの口ぶりから感じていた。「どうやらまたひとりらしいぞ」と彼は言っていた。

彼女に電話したのは、タクシーに乗ってからだった。雪が降っていて、車の流れはゆっくりだった。

「もしもし」

「モーリーンかい？」

「お待ちください」

トマスは電話を切りたくなったが、我慢した。ようやく彼女が電話に出ると、あの声だとすぐにわかった。

「モーリーン？」

「どなた?」

「トマス・エリオットだよ」

「トマス?　信じられない」

「迷惑だったかな」

「そんなことないわ」

「トーブマンから、きみがニューヨークに住んでいると聞いてね」

「あなた、どこにいるの?　電話が遠いけど」

「タクシーで市内に向かってるんだ。きみと会えないかなと思ってね」

「会うって?」

「無理ならいいんだ。ただ、きみの声が聞けたらって思っただけだから。トーブマンから、今、こっちに住んでるって聞いたのでね」

「ええ、引っ越したのよ」

「忙しいんならいいんだ。こんな電話をしてすまない」

「そんなことないわ。会いましょう」

「今夜、シカゴに飛ぶはずだったんだが、フライトが全部キャンセルになってね。明日の朝は時間があるかい」

彼女はすぐには答えなかった。

「明日の朝は無理なの」ようやく彼女は言った。

「そうか。じゃあ、つぎにまたぼくが来たときに会おう」

「泊まっているのは、どこ?」

彼は教えた。

「それならここから遠くないわ。寄るわよ」

「ほんとうにいいのかい。こんな天気なのに……」

「アイラはなんて言ったの?」

「ぼくはどうしているかって、きみにきかれたって」

沈黙があり、トマスが会うのはまた今度にしようともう一度言おうしたそのとき、彼女は咳払いをして言った。「十時十五分ごろに行くわ」

トマスがマンハッタンに着いたのは、九時をわずかに回ったころだった。ホテルはマディソン街と五番街にはさまれた六十丁目台にあった。スタッフの出迎えは温かく、ロビーの照明はほの暗くここちよかった。彼の部屋は通りに面していて、荷物を運んでくれたポーターは、クリスマスのころはずいぶんにぎやかでしたが、今はだいぶ落ち着いてきましたと言った。コーヒーテーブルの花びんには花が活けてあり、枕にはチョコレートが置かれていた。トマスはバスタブに湯を張った。

十時に彼は一階に下りた。バーの隣の書斎風のラウンジにテーブルを予約してあった。ここなら、深々とした気持ちのよいアームチェアの席に食事を運んできてもらえる。暖炉には火が燃え、ぬくもりが彼に届き、板張りの壁を炎が明るく照らした。

風呂に入り、服を着替え、ほほにアフターシェイブ・ローションをつけて気分がよくなったトマスは、酒を注文することにした。ゆっくりと味わいながら、ウェイターがテーブルに置いていったメニューを眺めた。モーリーン。長い年月が流れた。彼女は変わっただろうか。今もいつわりのない、温かな彼女だろうか。あの……。

トマスはもの思いにふけった。目を上げると、彼女が入口に立っていた。暖かそうなコートを着ていた。彼女は向こうを向いていたので、最初のうちは、本当に彼女なのか自信がなかった。けれども、彼女がこちらを向くと、彼の心は躍り、急いで迎えに行った。

「モーリーン」

「トマス」

「会えてうれしいよ」

ふたりはほほえんだ。トマスは手を取るべきか、キスすべきか迷って、結局どちらもしなかった。

「会えてうれしいよ」彼はもう一度言った。「いったい何年ぶりだろう」

「十年よ」

「十年か」彼は驚いたように繰り返した。「ほんとうかい」

「ええ、十年」

トマスはモーリーンがコートを脱ぐのを手伝い、ウェイターに渡した。そして、ふたりはラウンジに入り、彼女が先を立って歩いた。彼女は昔からほっそりしていたが、一段とやせたように彼は感じた。それでも元気そうだったし、いくぶん疲れぎみのようだったが、肌はなめらかで、瞳は澄んでいた。彼が幾度となく愛撫した首筋の静脈は、今もかすかに浮かんでいた。

ふたりは一度も喧嘩したことがなかった。彼女はけっして彼を責めなかった。終わりが近づき、彼が彼女の首筋に触れなくなったころでさえ、責めなかった。朝、彼女がバスルームで泣いているのに気づき、それなのに彼がなぐさめの言葉ひとつ思いつかなかったときも、責めなかった。一度も。

トマスは、彼女が本物で、彼の想像の産物ではないことを確かめるかのように、彼女を仔細に見つめた。モーリーンは濃色のパンツに緑色のプルオーバー・セーターを着て、赤い宝石のついたシルバーのネックレスをしていた。まだ白髪はなかった。

「うん」トマスは言った。「久しぶりだね」

「ええ」彼女は言った。「久しぶりね」

「元気そうだね」

モーリーンは、まるでその言葉が聞こえなかったかのように彼をじっと見つめ、そして言った。

「あなた、いつも礼儀正しかったわね」

ウェイターが来て、ご注文はいかがなさいますかと彼にきいた。トマスは、食事がまだなんだと彼女に言い、一緒になにか食べるかいときいた。モーリーンはお腹はすいていないと言った。それならデザートはと彼は勧めた。彼女は断わったが、ハーブティーをウェイターに頼んだ。トマスは軽食と炭酸水を頼んだ。

「アイスランドから着いたばかりなんだ」

「ほんとう？　お母さまは今もお元気？」

「ああ、ますますね。年相応のもの忘れは多少あるけれど、たいていは覚えていたくないことばかり忘れるんだ」

モーリーンは昔と同じようにほほえんだ。親しみがこもっていたが、どこか彼の記憶とは異なっていた。

「みんなそうできればいいのにね」

彼女の言葉には苦々しさは少しもなく、彼はほほえんで同意した。

「ああ。そうできたらいいだろうね」

トマスは彼女をじっと見た。モーリーンはあたりを見まわし、両手の指をからめて、またゆるめ、髪を耳のうしろにかけた。結婚指輪はしていなかった。

「きみはまったく変わらないな」トマスは言った。そして、それだけではあまりにそっけなく聞こえると思い、「しぐさも同じだ」とつけ加えた。

「ほんとう?」

「髪を耳にかけるところさ」

「あら、そんなことしたかしら」

ウェイターがハーブティーと炭酸水を持ってきて、ふたりのテーブルに置いた。

「ミルクは?　砂糖は?」トマスはきいた。

モーリーンはいらないと言った。

「きみはいつも髪を耳にかけていたね。右耳に。初めて会ったときからそうだった」

「アイラの誕生日パーティね」

郵 便 は が き

おそれいりますが切手をおはりください。

101-0052

東京都千代田区神田小川町3-24

白 水 社 行

購読申込書

■ご注文の書籍はご指定の書店にお届けします．なお，直送をご希望の場合は冊数に関係なく送料300円をご負担願います．

書　名	本体価格	部　数

★価格は税抜きです

(ふりがな)

お 名 前　　　　(Tel.　　　　)

ご 住 所　(〒　　　　)

ご指定書店名（必ずご記入ください）	取次	（この欄は小社で記入いたします）
Tel.		

『エクス・リブリス ヴァレンタインズ』について　(9015)

■その他小社出版物についてのご意見・ご感想もお書きください。

■あなたのコメントを広告やホームページ等で紹介してもよろしいですか？
1. はい（お名前は掲載しません。紹介させていただいた方には粗品を進呈します）　2. いいえ

ご住所	〒　電話（　）		
(ふりがな) お名前	（　歳） 1. 男　2. 女		
ご職業または学校名		お求めの書店名	

■この本を何でお知りになりましたか？
1. 新聞広告（朝日・毎日・読売・日経・他〈　〉）
2. 雑誌広告（雑誌名　）
3. 書評（新聞または雑誌名　）　4.《白水社の本棚》を見て
5. 店頭で見て　6. 白水社のホームページを見て　7. その他（　）

■お買い求めの動機は？
1. 著者・翻訳者に関心があるので　2. タイトルに引かれて　3. 帯の文章を読んで
4. 広告を見て　5. 装丁が良かったので　6. その他（　）

■出版案内ご入用の方はご希望のものに印をおつけください。
1. 白水社ブックカタログ　2. 新書カタログ　3. 辞典・語学書カタログ
4. パブリッシャーズ・レビュー《白水社の本棚》（新刊案内／1・4・7・10月刊）

※ご記入いただいた個人情報は、ご希望のあった目録などの送付、また今後の本作りの参考にさせていただく以外の目的で使用することはありません。なお書店を指定して書籍を注文された場合は、お名前・ご住所・お電話番号をご指定書店に連絡させていただきます。

「ああ。あの庭に座って、きみがダンスしすぎたって言ったときさ」

「そんなこと言ったかしら」

「新しい靴を履いていて、きつかったんだよ」

「よく覚えているわね」

「あのホテルはもうないんだ」

「なんていうホテルだったかしら」

「〈ドレイク〉だよ」

「そう、〈ドレイク〉ね。シカゴには、もう長いあいだ行っていないわ」

「今はオフィスビルになっている」

「ほんとう?」

「ああ、ここ数年で大きく変わったよ」

モーリーンはお茶を飲み、彼は彼女がカップを持ちあげてくちびるに当て、また下ろすのを見つめた。

「ヨーロッパに引っ越したって聞いたけど」トマスは言った。

「アイラがそう言ったの?」

「ああ。長く住んでいたのかい」

「八年。二年前に戻ってきたの」

「戻ってからは?」

「あちこちね。あなたは？」

トマスはほほえんだ。

「ずっと同じ場所さ。来る日も来る日も同じ繰り返し。年々、やることがますます同じになってくる。ときどき、荷物をまとめて引っ越したらどうなるだろうって思うよ。新しい人生を始めたら」

「どこに？」

「どこだろう。パリか……フィレンツェか……ビルマか……」

トマスは自分で笑った。

「たわごとだな。きみに話すべきじゃなかった。頭がどうかしたんじゃないかと思うだろう？」

「きっと、大勢の人が同じことを考えてるわ」

「一度、ブエノスアイレスに引っ越して、名前を変えて、だれにも見つからないようにしたらどうだろうって考えたんだ。でも、目が覚めて気づいたよ、なんてくだらないって。いったいだれがぼくを追ってくるっていうんだってね」

トマスは笑い、モーリーンはほほえんでお茶を飲んだ。ウェイターが料理を運んできた。チキン・サンドウィッチとサラダだった。

「ぼくだけ食べて申しわけない」

「めしあがれ《ボナペティ》」モーリーンは言った。

「きみはきっと、今も熱心に健康食をつづけているんだろう？」

モーリーンはカップに入れたティースプーンを、最初は時計回りに、つぎに逆回りに動かした。

「ええ、まあね」彼女はそう答え、「結婚はしていないの?」ときいた。

「ああ。きみは?」

「数年ほど。離婚したの」

「ヨーロッパで?」

「ええ、イタリアで」

「住んでいたのはローマじゃないね」

「ええ」

「フィレンツェ?」

「いいえ。どうしてそう思ったの?」

「いや、当てずっぽうだよ」

「ミラノよ」

トマスはうなずいた。モーリーンは暖炉の火を見つめた。

「子どもは?」

「いないわ」

モーリーンは両手の指をからませ、ドアのほうを見た。

「そろそろ帰らなければいけないのかい」

「風の音が気になっただけ。かなりふぶいているわね」

「フライトはすべて欠航だよ」

モーリーンが出ていく前の晩、トマスはリビングのソファに自分のベッドを用意した。そんなことは初めてだったが、そうするのが正しいように彼には感じられた。モーリーンもひそかにほっとするだろうと思っていたので、その反応に彼は驚いた。

「どうしてこんなことを?」とモーリーンは言った。彼女の動揺ぶりに、トマスはうろたえた。彼はその夜は寝室に戻り、身を寄せてきた彼女を腕に抱いたが、それ以上のことはしないよう気持を抑えた。朝になって、行かないでくれと彼女に言いたくてたまらなかったときも、ぐっとこらえた。容易ではなかったが、彼女の心を乱してはいけないと思った。彼にはそんなことはできなかった。

ウェイターが皿と食器を下げた。暖炉はまだ燃えていたが、もうスタッフは薪を足さなかった。夜が更けていた。

「モーリーン」トマスは深く息を吸って言った。「モーリーン、きみのことをよく考えるんだ。気を悪くしたらすまない」

モーリーンは目をそらせた。

「ときどき思うんだ、どうなっていただろうってね、もし……別々の道を歩かなかったら。どんな人生になっていただろうってね」

モーリーンは答えなかった。

「十年もたって、こんなことを言う権利はぼくにはないかもしれない。でも、みんないつかは成長する。大切なものはなにか、もっとわかるようになる。なにがいけなかったのか、理解する」

モーリーンは黙っていた。トマスは目を伏せた。

「すまない。こんなことは言うべきではなかった」

トマスは彼女を見つめた。

「すまない」彼はもう一度言った。

「アイラからなにをきいたの?」

「えっ?」

「約束したのに……同情はいらないわ、トマス。そんなものが欲しかったわけじゃない」

「きみに同情しているなんて思わないでくれ、モーリーン。ぼくはただ……」

「あなたはいつもわたしにやさしかったわね、トマス」

「あれは同情ではないさ」

「おたがい正直になりましょう。あなたが今晩連絡をくれたのも、同じ理由でしょう? アイラに話したときよりもだいぶいいの。医者は楽観しているわ。お医者さんって、信じられないくらいすばらしいのよ」

トマスはショックを受けた。彼の顔を見たモーリーンは、急に不安げに見えた。

「モーリーン。なにがあったんだい?」

「なんでもないわ」モーリーンは即座に答えた。「医者の手に負えないことはなにもないの。アイラに話したときは……」

モーリーンは、さっきよりもせわしなく両手の指をからめ、またゆるめた。その手が震えていることに、トマスは気づいた。

「モーリーン」

「この話はしたくない。あなたに同情されたくないの」

ふたりは黙って座っていた。彼女は目をそらせた。

「さっき電話に出たのは？」トマスはきいた。

「妹よ」

「前から一緒に暮らしているのかい」

彼女は答えなかった。

「あなたから電話があったときはほっとしたわ。ずいぶん前から連絡しようと思っていたの。でも、勇気がなくて」

「どうして？」

「あなたと別れたとき、わたし、妊娠していたの。わかったのは、家を出る一週間前だったわ」

トマスはなんと言っていいかわからなかった。彼女の言葉は、はるか遠くで発せられているように感じられた。

「ぎりぎりまで待ったのよ」モーリーンはつづけた。「どうすればいいかわからなかったから。一度、今こそ話そうと思ったことがあったんだけど、だれかがオフィスに入ってきて、あなたは電話を切らなければならなかった。あの日は雨が降っていたわ」

トマスは水を手に取ったが、飲まずにテーブルに置いた。

ふたりは黙って、それぞれ宙を見つめていた。暖炉の火は消えかけていたが、熾火《おきび》が今も床にかすかな光を投げかけていた。

「どうして話してくれなかったんだ」とトマスはもう少しで口にしそうになったが、言わなかった。言ってどうなることではなかった。

「ごめんなさい」モーリーンはささやくように言った。

トマスは目を伏せ、考えをまとめようとした。

「あなたの電話、うれしかったわ」しばらくして彼女は言った。「あなたのことを考えると、いつもしあわせな気持ちになるの」

「ぼくにできることはあるかい」トマスはきいた。

「いいえ。なにもしなくていいのよ」

ふたりは風の音に耳を澄ませた。どこかでドアが大きな音をたてて閉まった。

「さあ、もう遅いわ」モーリーンは言った。

トマスはうなずいた。

モーリーンは立ちあがり、一瞬ためらってから、彼の体に腕をまわし、短く抱きしめて、ほほにキスをした。

「今夜、会えてよかった」彼女は言った。

ふたりは最後の客で、ウェイターはすぐに彼女のコートを持ってきた。トマスはコートを彼女に着せかけ、一緒にホテルを出た。ホテルに入ってきたカップルがロビーで立ち止まり、雪を払ってからエレベーターに乗りこんだ。

「タクシーがつかまるといいけど」モーリーンは言った。

「ドアマンに頼もう」

トマスは舗道に出た。冷えこんで風が強かった。ドアマンは、少しお待ちいただくかもしれません、と言った。トマスは冷たい空気を吸ってから、なかに戻った。

「モーリーン。明日会えるかな」

モーリーンはためらい、バッグから手袋を取りだした。

「明日の朝、入院するの」

沈黙が流れた。

「見舞いに行ってもいいかい」

「本気で言っているの？　あなた、いつも病院が大嫌いだったでしょう？　わたしが虫垂炎で入院したときのこと忘れたの？　病院に見舞いに来るのがあんなにつらかったくせに」

「大昔の話だよ」

「ほんとう？　同情してくれなくていいのよ」

「同情なんてしていない。ただ、きみに会いたいだけだ」

モーリーンはほほえみ、紙に病院の名前と住所を書いた。

「いやだったらやめてかまわないから。来なくてもあなたを責めたりしないわ」

「そんなことはしないよ。かならず行く」

モーリーンはふたたび彼の体に腕をまわし、さっきと同じように抱きよせて、ほほにキスをした。

「今夜会えて、ほんとうによかったわ」

トマスは去ってゆく彼女を見送り、長いあいだじっと立っていた。

トマスは眠れぬまま夜明け近くまでベッドに横たわっていたが、ついに我慢できなくなり、起きあがって荷物をまとめ、顔を洗ってチェックアウトした。外はまだ暗かった。ロビーには、フロント係とポーターのほかはだれもいなかった。ホテルを出る前に、トマスはだれもいないラウンジをのぞき、あの椅子に座っていた彼女を、青ざめたほほを、首の繊細な静脈を思い描いた。体が震えはじめ、彼は気力を振りしぼってブリーフケースをつかみ、外のタクシーに急いだ。

五時を過ぎたばかりだった。シカゴ行きのフライトは九時までなかった。外はあいかわらず寒かったが、予報では天気は回復する見こみだった。ただし一年のこの時期は、いつまでもつかわからなかった。

二月

彼らは土曜に着いた。天気はおだやかで明るく、かばんを家に運びこんでから、海に出て浜辺を散歩した。海辺は静かで、出会ったのは犬を散歩させているひとりの男だけだった。男は礼儀正しく、こんにちはとあいさつし、ふたりもあいさつを返した。ふたりとも、たがいに話すことはほとんどなかったが、海の空気は気持ちがよかった。犬を連れた男がいなくなると、ヨウンはふと、彼女と手をつなごうと思ったが、結局やめて、手をポケットに戻した。もともと手をつなぐ習慣はなかったし、今、そうしようと誘うのは正しくないような気がした。ヨウンは一度立ち止まり、石を水面すれすれにいくつか投げた。彼女はしばらく眺め、やがてゆっくり歩きだした。空気は冷たく、空は徐々に暗くなっていった。

彼らの家は森の端にあり、ロングアイランドの南島の小さな村にほど近かった。海からは車で十分もかからなかったが、自転車ではたっぷり二十分かかった。彼らはよく、夏になると子どもたちと自転車で海に行った。まだ幼かったころからそうしてきた。今では息子は十六歳、娘は十四歳だった。夏には海につづく道沿いで野菜を買えたし、八月にはトウモロコシとヒマワリも手に入った。道の両側は畑で、土は肥えていた。いつもは冬に別荘に来ることはなく、ヨウンは海辺からの帰り道、なにもかもうつろに見えると言った。数羽のカラスが灰色の畑の上を旋回し、道端の野菜の売店の棚は空っぽで、途中の店の窓には手書きの張り紙があり、「五月一日まで休業します」と書かれていた。

「それでも、ここはいつ来てもいいな」ヨウンは言った。

夕方、ふたりは一緒に食事のしたくをして、食べ終わるとテレビで映画を見た。海から戻ってきたとき、室内は寒かったが、すぐにヒーターで暖まり、さらにヨウンは暖炉にも火をおこした。リンダは子どもたちに電話した。ふたりとも元気で、やることが山のようにあった。子どもたちは生まれたときからマンハッタンに住んでいて、市内に大勢友だちがいた。どちらももう週末に田舎に行くのを楽しみにしなくなっていた。今回、父と母は、子どもたちに一緒に来るよう無理強いしなかったどころか、誘いもしなかった。子どもたちは助かったと思い、余計なことはきかなかった。子どもたちの知るかぎり、すべてはうまくいっていた。親たちは、子どもの前ではいつもどおりにふるまうよう努めてきた。

カウンセラーは、夫婦で旅行に行くよう勧めた。カウンセラーは男性で、話しかたには良識があり、ヨウンはすぐに同意した。ヨウンはフロリダに行かないかと提案した。リンダはためらった。夫と同じように、結婚生活を救いたいとは思っていたが、あせったことはしたくなかったからだ。ヨウンは憤慨した。妻には和解しようという気持ちがまったくないと彼は言い、カウンセラーが仲裁に入って、危機が表面化してからまだ二週間しかたっていないことを忘れないようにと釘を刺した。

「田舎に行くのはどうかしら」リンダは言った。「もうすぐ連休だし」

カウンセラーは、絶対に問題を一気に解決しようとしてはいけないと念を押した。時間がかかることだから、ものごとを強引に進めるのは賢明ではないでしょう、と彼は言った。たがいの気持ちを話すのは勧めるが、真剣に話し合わなければならないと感じる必要はありません。「ただ一緒にいるだけで十分なんです」とカウンセラーは言った。

カウンセラーはそういう趣旨のことをさらに語ったが、リンダは話にうまく集中できず、大半が頭の上を通り過ぎていった。彼女は今度の週末のことを考えていた。自分の提案をもう後悔しはじめていた。

ヨウンとリンダは、カウンセラー以外には自分たちの問題を話さないことにしていた。うわさはめぐるからだ。けれども、リンダはひとつだけ自分に例外を許し、下の階に住む友人のメアリにだけは話した。メアリは両親から巨額の遺産とともに相続した広い部屋にひとりで暮らしていた。働く必要はなく、若いころに、一時、結婚していたが、子どもはいなかった。メアリは理解と思いやりがあり、答えは簡単だというようなことは言わなかった。リンダはメアリと話して少し気が楽になった。

「あの人とふたりきりで週末を過ごす覚悟がまだできていないのよ」リンダは言った。

「気が変わったって言ったら、だんなさんはなんて言うかしら」メアリはきいた。

「あの人、フロリダに行きたかったのよ」

「あら、じゃあ、だれが田舎に行こうって言ったの？」

リンダは答えをためらった。

「わたしよ。失敗だったわ」

「海辺はいつでもいいものよ」メアリは言った。「たとえ冬でもね」

映画が終わるとリンダは就寝した。ヨウンは少しだけパソコンをいじり、二階に上がってみると、呼吸のようすから、妻がすでに眠っているのがわかった。昔から彼は、妻が一瞬のうちに眠りに落ちることに感心していたが、若いころ交替制勤務をしていたから、必要に迫られて身につけたのだろうと考えた。リンダは医師だった。ヨウンは設計士で、余暇に風景画を描いた。作品は絵画通のあいだでは評判がよかった。

日曜の朝、目覚めると雪が降っていた。ふたりは車で村に出て、日曜版の新聞とパンとコーヒーを買い、それから港に出て、係留されたままの数隻のボートを眺めた。家に戻ってキッチンの窓辺に座り、朝食をとって新聞を読むころには、芝生は白くなっていた。ヨウンは、じつに平和だ、雪の庭はとても美しいというようなことを言った。ふたりは外を眺めながらコーヒーを飲み、ヨウンは薪を取りに外に出た。

「冬にももっとここに来よう」ヨウンは言った。

リンダは気のないようすでうなずき、新聞を読みつづけた。

「この家を十分に使っているとはとてもいえないからな」彼はつづけた。

「子どもたちはどうするの?」

「来たくないなら、市内にいればいい」

「難しい年ごろなのよ。ヘレンはとくに」

「何歳だって難しいことに変わりないだろう」

ふたりはしばらく無言で新聞を読んだ。

「なんの芝居の評を読んでるんだい」ヨウンはきいた。

「いいえ、読んでるのは美術展の評」

「昔はよく芝居に行ったな。どうして行かなくなったんだろう」

「さあ」リンダはそう言って、窓から外をちらりと見た。「まだ降ってるわね」

「ああ、本格的に降ってる。予報ではこんなこと言ってなかったがな」

ふたりは外を眺め、また新聞を読みつづけた。雪は庭のモミの大木の枝に積もりはじめ、家の玄関につづく小道はもう見えなかった。暖炉の薪がはじける音のほかは、まったく静かだった。まるで雪がすべての音を消してしまったかのようだった。

「道路が通行止めになるかもしれないわね」リンダは言った。

「大丈夫さ」ヨウンは言った。「雪に降りこめられて、飢え死にするんじゃないかとヘレンが心配したときのことを覚えてるか」

「ええ」

「子どもと一緒に雪だるまを作ったな」

「イグルーも」

「市内に戻ろうとしたら、車が立ち往生してさ」

ヨウンは思い出にほほえんだ。リンダもほほえんだ。

「買うつもり？　それとも売るつもり？」リンダはきいた。

「なんだって？」

「あなた、ふだん不動産広告のページをすみずみまで読んだりしないでしょう？」

「まったく、どうなってるんだか。価格は上がる一方だ。市内だけでなく、郊外も」

「クィーンズも？」

「クィーンズ？」

「クィーンズでも上がりつづけてるの？」

「どこでもそうだ。市内も郊外もみんな」

「あの女、クィーンズに住んでいるんでしょう？」

ヨウンはリンダを見た。

「あそこに会いに行ったって、あなた、言ってたじゃない」

ヨウンは答えず、コーヒーに手を伸ばした。

「クィーンズの価格はどれくらい上がったの？」

「なんのまねだ」

「あら、会話をしようとしているだけよ。なにを読んでいるのかってあなたがわたしにきいて、つぎにわたしがあなたにきいた。それで一緒に雪を眺めた」

「彼女がクィーンズに住んでいようと関係ないだろう」

「関係あるわよ。その女がどんなところに住んでいるか見たいんだもの。わたしを連れていって」

ヨウンは立ちあがった。

「ぼくらは努力するはずだったんじゃないのか。そのためにここに来たんじゃないのか」

「それは雪が降りだす前の話よ」

リンダは立ちあがってバスルームに行った。ヨウンは不動産広告のページをたたみ、暖炉に放りこんだ。新聞はたちまち燃えあがった。彼はふたたび座り、庭を見た。

戻ってきたリンダは、部屋の入口で立ち止まった。

「きみの望みはなんだ」

「雪で閉じこめられる前に市内に戻ることと、途中でクィーンズに寄ること」

「本気で言ってるのか」

「ええ、本気よ」

「おつぎはなんだ？　つぎはどうなるんだ？」

「そうしたらすべてうまくいくわ」

「ぼくらがクィーンズに行けば？」

「そうよ」

「そうしたらすべてがうまくいって、ぼくらは努力をつづけられるのか」

「そうよ」

「約束だな」

「ええ、約束よ」

「だれにだって過ちはあるんだ、リンダ」

「わかってるわ」

ヨウンは立ちあがった。

「暖炉の火が消えるまで待たなきゃいかん。それまでは出発できないぞ」

「荷物をまとめはじめるわ」

薪は乾いていて、すぐに燃えた。ヨウンはヒーターを切り、カーテンを閉めて、リンダの荷造りが終わると、かばんを車に運んだ。しっかりしたブーツをはいて暖かい服を着ていたので、寒さは感じなかった。

家につづく小道はほとんど雪に埋まっていたので、ヨウンは立ち往生しないようにゆっくり発車した。カラスが雪に覆われた畑の上空を旋回し、白いスクリーンに散らばった黒い点のように見えた。

「ぐずぐずしてたら危なかったわね」リンダは言った。

「べつに罠にかかって動けないってわけじゃないさ。そんなことになったらあのメキシコ人に電話して、道の雪かきをしてもらうよ」

初めのうちは道を行くのが大変だったが、西へ進むにつれて車が増えた。四十分ほど車を走らせると、やっと最初の除雪車に出会った。

「ようやくご登場だ」ヨウンは言った。

リンダはラジオをつけ、つぎつぎに局を変え、結局、また消した。いつもこのあたりは電波がよく入らなかった。

「まっすぐ家に帰ったほうがいいと思うな」ヨウンは言った。「天気はどんどん悪くなっている」

「いいえ」リンダは言った。

「ぼくらが着いたとき、まだ除雪が始まってなかったらどうする?」

「クィーンズで?」

「ああ、クィーンズで。道が除雪されてなかったらどうする?」

「そうだったら、危険なわけ?」

「さあ、わからん」

「わからないってことはないでしょう。一年じゅう行ってたんだから、一度ぐらい雪が降ってたことがあるんじゃない?」

ヨウンは答えなかった。ただ車が道から外れないようハンドルを握りつづけるしかなかった。こんな雪がつづいたら、家に帰るまであと二、三時間かかるだろう。これまでの最短記録は、出発から到着まで一時間四十五分だった。クィーンズはその三十分手前だ。

ようやくたどり着いたハイウェイはすでに除雪されていたが、雪は激しく降りつづけ、除雪の跡は早くも雪で埋まりつつあった。ガソリンがなくなりそうだったので、目にした最初のスタンドでヨウンが自分で給油した。彼は、隣のトラックの男に、市内に近いあたりはどんなようすか知っているかとたずねた。

「めちゃくちゃだよ」男は答えた。「ここよりもひどい」

市内に近づくと、ラジオの電波がさっきよりも入るようになり、リンダは気に入った局を見つけた。ジャズの局で、アップビートな曲が多かった。曲の合間にアナウンサーが雪の状況を伝え、トラックの運転手の話を裏づけた。

「ほら、聞いただろう」ヨウンは言った。「市内はもっとひどいらしい」

「ええ、聞いたわ」

「だったら、クィーンズはどんな状態か想像できるだろう？」

「いいえ、できないわ。一度も行ったことないもの」

ゆっくり車を走らせていたヨウンは、無意識のうちにスピードを上げた。

「リンダ。ぼくがずっとひざまずいてなきゃならないっていうんなら、うまくいかないぞ」

彼女は黙っていた。

「ことあるごとに、ぼくに例のことを思い出させようっていうんなら、うまくいきっこない。もう何度も謝ったじゃないか。もう何度も人生最大の過ちだったたって言ったじゃないか」

「わたしはただ、あの女がどこに住んでいるか見たいだけ」

「そうしたら、どうするんだ？」

「べつに」

「べつにだって？」

「そうしたら、もうこの話はやめて、また一緒にお芝居に行ったりしましょう。週末に田舎に行ったりとか」

「本気で言ってるのか」

「ええ。わたしはただ、あの女がどこに住んでいるか見たいだけ。そうしたらおしまいにするわ」

ヨウンはこの数週間、なにかに期待を抱くようなことはあまりなかったが、妻の言葉と声の調子に、希望が高まった。彼はまたアクセルを踏み、ラジオの音量を上げた。こんな事情がなければ、彼はこの大吹雪を楽しんだだろう。冒険は昔から大歓迎だった。真の危険を伴わないかぎりは。

クィーンズの出口に近づくと、リンダはあたりを見まわしはじめた。

「もうすぐ?」

「ああ」

「あなたがこのあたりに来るのは、たいてい午後だったわね」

まだハイウェイにいた彼らは、右端の車線に移った。

「ほら、脇道はまだ除雪されていない」ヨウンは言った。

「どの出口から下りるの?」

「だいぶひどそうだ。今、行っても意味がないと思うぞ」

「そりゃあ、あなたが前回行ったときほど意味はないでしょうけど」

ヨウンはリンダをちらりと見た。

「ごめんなさい。言いすぎたわ」

ヨウンはスピードを落とし、ハイウェイを下りた。雪は激しく、風が強まっていた。舗道の脇に駐車した車は雪の下に消えていた。視界は悪かった。

「こんなこと無意味だ」ヨウンは言った。

「あとどれぐらい?」

「もう少しだ」

しばしの間があった。

「ヨウン」

「なんだい?」

「ヘレンの卒業コンサートに来なかったとき、あなた、ここにいたの?」

ヨウンはのぞくように左右を見て、すぐには答えなかった。まるで道がよくわからないかのようだった。

「なあ、頼むから、そういう質問はやめてくれないか」

「わたし、知りたいの」

「覚えてないよ。人生の一瞬一秒まで説明できるわけないだろう。無理だ」

いくつかの大通りは除雪されていたが、脇道は雪が深く積もっていた。彼らはのろのろと前進し、通りから通りへ進み、低層マンションを通り過ぎ、中華料理店を通り過ぎ、靴屋とクリーニング屋を通り過ぎた。どこも閉まっていたが、レストランの店員たちが外の舗道の雪かきをしていた。

フロントガラスの向こうがよく見えず、ヨウンは遅かれ早かれ立ち往生するのではないかと不安だった。彼は曇ったためがねを拭き、道のまんなかで車を停めた。一方通行の道だった。

「ほら」ヨウンは言った。

「ここなの?」

「ああ」ヨウンは右手の三階建ての建物を指さした。

リンダは窓を開けた。雪のかけらが吹きこんできた。

「何階?」

「二階だ」

「どっちの部屋? 黄色いカーテンのほう?」

ヨウンは外を見た。

「いや、白いほうだ」

「白?」

「ああ」

リンダは建物の前の鉄のフェンスを、フェンスのゲートを、玄関につづく階段を、二階の白いカーテンを無言で見つめた。

「車はどこに停めたの?」

「道だ」

「今、彼女なにしてるかしら」

「さあ、もう行こう」

「まだ着いたばかりじゃない」

「ここは道のまんなかだぞ。どこに住んでるかもう見ただろう?」

「あなたが来なくなって、さびしく思ってるかしらね」

ヨウンはバックミラーに目をやり、うしろからジープがやってくるのを見ると、ほっとしたようにため息をついた。

「さあ、出発しないと。うしろから車が来た」

ヨウンは車を発進させた。道の終わりで、ためらいがちに左右を見てから、左に曲がった。リンダは肩越しにふり返った。道は凍りかけていた。ヨウンはもう一度左折し、行き止まりに気づいたときは、すでに遅かった。

「しまった」

Uターンはできなかったが、なんとか苦労してバックした。

「しまった」ヨウンはまた言った。

リンダはヨウンを見た。ヨウンはフロントガラスの向こうを見つめ、ワイパーのスピードを上げた。

「ヨウン、あの女の住んでいる通り、なんていう名前?」

「なんだって?」

「今、わたしたち、なんて名前の通りにいるの?」

もうすぐハイウェイだった。前方に入口の標識が見えた。

「ヨウン、なんて名前の通りなの? 答えて」

リンダはさっきよりも強い調子できいた。

「なんだっていいだろ」

「戻って」

ヨウンは答えずに走りつづけた。

「止まって！　戻ってよ！」

リンダはハンドルをつかんだ。ヨウンはリンダともみ合い、ブレーキを踏みこんだ。車は横滑りして停まった。

「気でも狂ったのか！」

「あの女のところに連れていって。あの女の住んでいるところに連れていって」

ヨウンはハンドルをつかむ手をゆるめた。フロントガラスのワイパーは、錯乱したように動いていた。ラジオではアナウンサーが雪の状況を伝えていた。

「それはできない」ヨウンは静かに言った。

「どうして？」

ヨウンが答えずにいると、リンダは質問を何度も繰り返し、彼は頭がおかしくなりそうになった。

「クィーンズには住んでいないんだ」ようやく彼は答えた。

沈黙が広がった。リンダはヨウンを見つめた。ヨウンは目をそらせた。

「市内に住んでいる」ヨウンは静かに言った。「うちの下の階に」

リンダはなにも言わず、手を伸ばして後部座席のコートを取り、車を降りた。ヨウンはあとを追おうとしたが、行かなかった。そんなことをしても無駄だとわかっていたからだ。彼女が猛吹雪に消えるあいだ、彼は座ったまま身動きせず、頭のなかにこだまする自分の最後の言葉に耳を澄ませた。

三月

スキーのリフトはホテルの横にあった。太陽は輝き、彼らはカフェに座って、リフトの椅子が流れるように山を上っていくのを眺めた。大半は人が乗っていたが、下の順番待ちはほとんどなかった。ホテルは最近オープンしたばかりで、予約時に送られてきたパンフレットには、リフトはホテルの宿泊客専用と強調されていた。パンフレットにはさらに、頂上にはほかにもリフトがあり、さまざまなコースがあると書かれていた。緑コース、青コース、黒コース、どんな人にもぴったりのコースが用意されていた。リフトの順番待ちはまったくといっていいほどなく、山頂のレストランで昼食をとることもできた。

彼らはパンフレットをアイスランドから持ってきた。すでに中身は覚えていたし、ホテルのフロントにあるだろうとは思っていた。イェニは機内でパンフレットを眺め、カールはパンフレットを読む彼女を眺めながら、白いゲレンデや夜のくつろぎを思い描いた。パンフレットには、書斎風のラウンジの大きな暖炉のまわりに集う宿泊客の写真が何枚もあった。石造りの暖炉は天井まで届き、そのほかの壁は板張りだった。写真の客たちは、ゲレンデでの一日を終えて、はつらつとしてほほをばら色に染め、その健康的な輝きを暖炉の火が引きたてていた。ほとんどが赤か青のプルオーバーのセーターを着ていた。暖炉の上の壁にはバッファローの頭が飾られていた。

カールとイェニは、二十歳のときにスキー旅行で出会い、それ以来スキーをつづけてきた。結婚してから二十二年たつが、ふたりともつい昨日のことのように感じた。しあわせな結婚生活だった。三十歳のころに多少の波風はあったが、もう過ぎたことだ。ふたりは何年も前から、結婚二十周年の記念に海外にスキー旅行に行こうと計画していたのだが、カールがあと二年待ってお金を貯めて、コロラドに出かけていいところに泊まろうと提案すると、イェニはよろこんで賛成した。彼女は銀行で働いていて、ある金曜日に、仕事を終えたあと、たまたまホテルのウェブサイトを見つけた。それ以来ずっと、ホテルの写真をスクリーンセーバーにしていた。カールは電力会社の課長だった。妻ほどパソコンが得意ではなかったので、旅行の手配は彼女に任せた。滞在は一週間の予定だった。ホテルにはレストランがふたつあって、イェニは高級なほうのレストランにディナーを二回予約した。そのほかの夜はカジュアルなほうのレストランで食べるつもりだった。さらに、ふたり分のマッサージを木曜に予約した。

スキーリフトは朝の八時半に動きだし、三時半に終わった。空港からはバスで二時間、ふたりがホテルに着いたときには、お昼を回っていた。ゲレンデに出るにはもう遅かった。ふたりともバスでは居眠りしていたが、ホテルに入ったとたんに疲れは消えた。温かい出迎えを受け、部屋には支配人からの歓迎のメッセージがあり、文章は印刷だったが、その下のサインは直筆だった。窓辺にはフルーツの盛りあわせがあった。窓の外はゲレンデで、リフトが真下に見えた。フロント係からは、お部屋をアップグレードいたしましたと案内があった。

荷物をほどき、ふたりは窓辺に立った。イェニはカールの手に自分の手をからませ、そのまま無言で、山を照らす陽光や、ゲレンデを滑る人々を眺めた。明日は七時に朝食をとって、八時半にはゲレンデに出よう。

彼らはふたりとも——イェニもカールに負けず——規律正しい生活を大切にしていて、旅に出る前から、ホテルに着いたらパンフレットに出ていたフィットネスルームに行こうと決めていた。けれども、いざそのときになると、どちらも——とくにカールは——どうでもよくなっていた。カールはベッドにあおむけに転がり、にやりと笑って、ここで運動してもいいんじゃないかな、とイェニを誘った。イェニはキスをして、その時間は今晩たっぷりあるわと言った。ふたりはフィットネスウェアに着替え、二時には下の階にいた。

ランニングマシーンで走りだしてから数分もたたないうちに、カールは左のふくらはぎに鋭い痛みを感じた。まるで棒で殴られたような痛みで、だれにやられたのだろうと思い、反射的にふり向いた。つぎの瞬間、彼は床に倒れて悶えた。人々は急いで彼のそばに集まり、イェニは彼のすぐ横にかがみこんだ。三十分後、医者がやってきた。

カールは運がよかった。医者はそう言った。もっと大変なことになっていた可能性もあった。「あなたぐらいの歳だと、もっとひどいこともあります。今回は筋肉だけでしたからね。これが腱だったら……」医者は首を横に振った。

「治るまでにどのぐらいかかりますか」カールはたずねた。

「完全に治るまでにはかなりかかるでしょう。しかし、あなたは運がよかった。あなたの歳だと、たいていは腱をやられるんです。そうなると、手術が必要になる」医者は言った。

医者はカールに松葉杖を渡し、二日間はふくらはぎに冷湿布をして、その後は温湿布に変えるよう指示した。「湿布は二時間おきに十分間。足にはいっさい負担をかけてはいけません。外のベンチに座っているといいですよ。ゲレンデのすばらしい眺めが楽しめます」

そういうわけで、ふたりはカフェに座って、リフトが山を上っていくのを眺めていた。もうすぐ三時半だった。リフトはあと何回か上って終わりになるだろう。医者の診断を聞いて、イェニは泣きだしたが、今は気を取りなおしつつあった。ホテルのスタッフはなにくれとなく親切にしてくれた。カールの足のためにスツールと氷嚢を持ってきてくれた。それで、彼は今、片足をスツールに載せ、氷嚢をタオルでくるんでふくらはぎの下に当てていた。ふたりは山を見上げた。太陽は沈みかけ、スキーヤーは自分の影を追うように滑ってきた。ゲレンデの下のほうは陽が当たって雪が溶けていたが、天気予報では、夜のあいだに雪が降るだろうと言っていた。

「お医者さんが言うほどひどくないかもしれないわ。明日にはよくなっているかもしれない」イェニは言った。

カールは窓の外を見つめた。

「少なくとも、腱ではなかったわけだしな」

「ええ、ありがたいことに、筋肉だけだったんだもの。明日にはよくなってるわよ。明日か、あさってには」

「水分をたくさんとりなさい」と医者は言った。カールはコップの水を飲み干し、イェニはすぐにもう一杯注いだ。

「あなたが滑れるようになるまで、そばにいるわ」イェニは言った。

「なに言ってるんだ」とカール。「きみは明日、スキーに行けよ」

「いいえ。そんなことできないわ」

イェニはまた涙ぐんだ。カールは彼女を安心させたかった。

「することはいっぱいある」カールは言った。「プールで泳いでもいいいし、ときには外に座って、滑ってきたきみを迎えてもいい。きっとあさってには自分の足で立てるようになるさ。筋肉だけなんだから」

カールにとって、イェニが泣くのを見るのは本当に久しぶりだった。あの問題のとき以来だった。あのことは考えたくなかったが、彼女の涙を見るとすべてがよみがえった。彼女が泣かなくてすむのなら、どんなことでもするつもりだった。

ふたりは、一緒に暮らしはじめてからずっと、子どもが欲しいと願っていた。結婚して一年後にイェニは妊娠したが、流産した。その後はなにをやってもうまくいかず、やがて体外受精に踏み切った。体外受精は成功し、ふたりが大よろこびしたのは言うまでもない。だから、二度目の流産に終わったときのショックは計り知れなかった。春のことで、あたりは花が満開で、渡り鳥がやってきて木々でさえずり、巣づくりをしていた。医者は、今後、ふたりが子どもを持つのはほぼ無理だろうと言い、力になろうとした。そして、養子を迎えてはどうかと言った。「あなたがたのような状況に置かれたかたが、養子を迎えてよい結果を得た例を知っています」医者は言った。「養子と実子の違いなんて感じませんよ。ひと目見たとたんに愛情が湧いてくるものです」

カールはその意見にうなずいたが、イェニを納得させることはできなかった。毎回、その話をするたびにイェニは泣いて、無理だと言った。「どうして」カールはたずねた。

「わからない」イェニは答えた。

「奥さんはそのうち乗り越えますよ」医者はカールひとりのときに言った。「よくあることです。時が傷を癒してくれます」

一年後、カールは、田舎に住む十六歳の少女が妊娠して、子どもを養子に出そうと考えているという話を聞いた。電力会社の同僚が少女の両親と知り合いで、両親は娘に手を焼いていたという。カールは、生まれてくる子の養子先がすでに決まっているかどうかきいてもらえないかと同僚に頼んだ。養子先はまだ決まっておらず、同僚の話では、少女の両親は彼とイェニに会ってもいいと言っているという。「きみのことをよく言っておいたよ」同僚は言った。「その男の子を、いい人の手に委ねるのがご両親にとってはなにより大切だからね」

「男の子なのかい？」カールはきいた。

「ああ、どうやらそうらしい。その女の子は骨盤が小さいから、たぶん帝王切開で生まれるんじゃないかな」同僚は言った。

いつもは冷静なカールだが、急にそわそわしてじっとしていられなくなった。兄には五歳の誕生日を祝ったばかりの男女のふたごがいて、カールはその子たちとよく一緒に過ごした。男の子のほうはキャルタンという名で、カールによくなついた。兄と一緒に子どもたちをレイキャヴィクの市民プールに連れていったときも、彼がキャルタンの面倒を見た。彼は甥に泳ぎを教え、着替えを手伝った。キャルタンが四歳のとき、カールとイェニはスキーをプレゼントした。カールはキャルタンをスキーに連れていった。最初は家のそばの小さな丘に行き、そのうち郊外の山に出かけた。キャルタンはすぐにスキーを覚えた。

同僚から少女の両親のメッセージを聞いた日、カールは仕事を早退してイェニを銀行に迎えに行った。珍しいことだったので、いったいどうしたのかとイェニはきいた。カールは時間をかけてことを進め、慎重に準備を整えるつもりだったが、そのときは自分を抑えきれず、彼女が車に乗ったとたんにすべてを話した。イェニは黙って耳を傾け、それをよいしるしだと解釈したカールは、言うつもりのなかったことまでしゃべった。養子について医者が言っていたことを持ちだし、つぎの日に少女と両親に会いに行こうと言い、仕事を休んで家の準備を整えようと思っているというようなことをまくしたてた。

カールの話が終わると、イェニは泣きだした。彼に背を向け、両手を顔に埋めた。駐車場には人がいたので、カールはエンジンをかけて発車した。イェニをかわいそうに思ったが、同時に不公平ではないかとも思った。「どうしてだめなんだ」カールは言った。「教えてくれ。どうしてだめなんだ」

「わからない」イェニは泣きながらあえぐように言った。「わたしにもわからない」

前の日、カールは教会の墓地に行って、父の墓参りをした。そして今、彼は自分でもわけがわからないうちに口走っていた。「だったらいったい、ぼくらが死んだあと、だれが墓を守るんだ」

しばらくはつらい日々がつづいた。カールは同僚を通じてときどき少女の近況を聞いた。少女は六月の中ごろに男児を出産した。赤ん坊は体重四千五百グラム、身長五十センチで、帝王切開だった。カールはもう少しで少女と赤ん坊に会いに行きそうになったが、はっとわれに返ってやめた。赤ん坊は地元の夫婦が養子に迎えた。赤ん坊のその後は、同僚もわからなかった。

ずっと子ども好きだったイェニだが、それも変わった。子どもを避け、それだけでなく、カールが甥のキャルタンと遊んでいると、心が傷つくようだった。まるでキャルタンの顔に、なにか彼女を動揺させることが書いてあるかのようだった。イェニはみじめな気持ちになり、そばを離れた。状況は徐々によくなったが、カールはつねに用心して、兄の家族と過ごす時間を減らし、必要以上に子どもたちと過ごさないよう自制した。機会を見つけてはスキーに出かけ、さらにフライフィッシングとゴルフを始めた。仕事で成果を上げた。それはイェニも同じだった。ふたりが過去の話をすることはなかった。

「明日、ここで一緒に昼食をとろう」そう言って、カールはコップの水に手を伸ばした。

「家に帰らなくていいの?」イェニはたずねた。

「いや。きっといい旅行になるさ。雲の向こうは晴れだって言うだろう?」

夕食はルームサービスを頼み、早く就寝した。痛み止めを飲んだカールはすぐに眠りにつき、その夜は比較的よく眠った。ふたりは六時に目が覚めた。空が明るくなりはじめていた。カーテン越しに太陽が射しこんだ。イェニがカーテンを開けると、雲ひとつない青空が広がっていた。

イェニが砕いた氷を取ってきて、カールはふくらはぎを二十分冷やしてから下におりた。医者の指示は十分間だったが、早くよくなると心に決めていた彼は、体を横たえてテレビで朝のニュースを見ながら、言われたよりも長く手当てをした。天気予報では、一週間ずっと、日中は晴れ間が広がり、夜は雪ということだった。

カールはイェニと一緒に外に出て、さらには、ひざまずいて彼女のスキー靴の金具を締めた。足に悪いのではとイェニは心配したが、カールはひざまずいてもふくらはぎにはなんの影響もないことを示してみせた。雪に反射した陽光は目がくらむほどまぶしく、カールはサングラスをかけ、リフトに向かうイェニを見送った。イェニはふり向いて彼に手を振った。彼も手を振り返し、なかに入ってさっき朝食をとったテーブルに座った。まだカップにはコーヒーが残っていたが、すっかり冷めていた。それでも彼は飲んで、外の陽射しを見つめた。

それから一時間は、レストランは朝食の客で混みあった。これからスキーの一日が始まるときの、いつもの期待に満ちた空気にあふれていた。人々は、太陽を、白いゲレンデを、ホテルのすぐ横で待っているリフトを窓越しに指さした。カールは時間を計った。リフトの順番待ちは三分もかからなかった。

どうやらここでは、スキーをするあいだ幼い子の心配をしなくていいように、ベビーシッターをホテルに同行するのがならわしのようだった。親たちは、朝食を終えると子どもとベビーシッターに行ってきますと言って、急いで陽光のなかに出ていった。最後まで残ったのは幼い男の子を連れた父親で、背が高くてやせていて、四十歳ぐらいだった。彼は息子とボール遊びをしていて、妻から二、三回呼ばれるまで、自分のせいで出発が遅れているのに気づかなかった。妻のほうはスキーのしたくを整えてドアのところに立っていた。カールはレストランを出ようと立ちあがり、その男と一緒になった。

「ひざですか」男はきいた。

「いえ、ふくらはぎです」カールは答えた。

「いつ?」

「きのう」

「お気の毒に」

「筋肉だけなんです」カールは言った。「筋肉なんです、腱ではなく」

「早くよくなるといいですね」

カールは横歩きが一番楽なことに気づいた。ふくらはぎにかかる負担が一番少なくてすんだ。松葉杖は使いたくなかった。怪我していることをわざわざ確認するようなものだからだ。彼はぎこちない歩きでテラスに出て、ホテルの壁沿いに置かれたベンチに座った。ベンチは暖かく、彼はしばらくのあいだそこに座っていた。イェニが滑ってくるのを何度か見た。最初に下りてきたとき、イェニはあたりを見まわしてカールを探したが、彼は邪魔をしてはいけないと思い、じっとしていた。つぎに下りてきたとき、彼女はホテルのほうをちらりと見て、彼の姿が見つからないと、すぐにリフトに向かった。

裏の出入り口の横にスキーショップがあった。カールは山に着いたら新しいゴーグルを買おうと決めていた。一瞬、ためらったが、これもいい機会だと心を決めた。どういうわけか、なにごともなかったかのようにふるまったほうが、またスキーができるような気がした。

店のなかは静かだった。

「どうなさったんですか」カウンターの女性がたずねた。

カールは答える前に反射的に足を見た。

「ランニングマシーンで?」女性は首を横に振った。「今回はゴーグルはいらないんじゃないかしら。あと一カ月もしたらセールになりますし」

カールはそれほど高いものを買うつもりはなかったが、女性にすすめられたゴーグルを値段にかまわず買った。最高級の製品で、太陽にも雪にもみぞれにも雨にも対応できた。

「わたしも同じのを持っているんですよ」女性は言った。

カールとイェニは、正午に待ち合わせて外のベンチで軽食をとることにしていた。カールはいい場所に席をとり、待っているあいだスキーヤーたちを眺めた。みなほほの血色がよく、雪焼けしていた。数人がテラスでスキー靴を脱いだ。テラスは太陽で乾いて暖かかった。

イェニは十二時十分過ぎにやってきた。リフトで会った女性と一緒に何本か滑っていた。その女性はナンシーという名前で、カリフォルニアから来ていた。イェニは彼女をカールに紹介した。

「イェニから話を聞きました」とナンシーは言った。「お気の毒に」

「筋肉だけですから」とカール。

ナンシーは夫を探してくると言って、彼らのそばを離れた。

「あの人ったら、黒コースを滑りたいって言うんですけど、とてもそんな気になれなくて」ナンシーは言った。「少なくとも初日には行きたくないわ。おふたりと同じように、わたしたちもきのう着いたんです」

ナンシーは立ち去り、カールとイェニはベンチに座った。テラスでは、ホテルのコックがホットドッグとハンバーガーとチキンをグリルで焼いていた。カールはイェニになにが食べたいかたずねた。

「運動して腹が減ってるだろう」カールは言った。

「ホットチョコレートとサンドウィッチぐらいでいいわ」

「ここにはそういうものは売ってないぞ」と言ってから、あまりにそっけない言いかただったと思い、つけ加えた。「なかで注文して持ってこよう」

「それならハンバーガーでいいわよ」

「いや、ぼくが行ってきみのサンドウィッチとホットチョコレートを注文してくる。パンの種類はなにがいい？」

「わたし、ほんとにハンバーガーでかまわないわ」

カールは立ちあがった。

「サンドウィッチが食べたいんなら、サンドウィッチを食べればいい。ぼくは歩けないわけじゃないんだから」

カールはイェニにツナサンドを運んできて、一緒にホットチョコレートを飲んだ。食べ終わると、イェニは顔に日焼け止めを塗った。

「ナンシーが去年ここに来たとき、雪焼けしたって言ってたわ」イェニは言った。「陽射しがとても強いのよ」

「なかはそうでもない」カールは言った。「ぼくは大丈夫だ」

イェニは、どう解釈すればいいかわからないというように、彼を見た。

「今日はあなたと一緒にいたほうがいいんじゃないかしら。もう十分滑ったから」

「することはたくさんあるさ」カールは言った。

「だったら、わたしが滑り終わったら、一緒にプールで泳ぎましょう」

カールは考えにふけっていて、答えなかった。イェニはもう一度繰り返した。

「ああ」ようやく彼は答えた。「そうだな。グローブを忘れるなよ」

カールは部屋に上がり、ふくらはぎに氷嚢を当て、しばらくしてから下のフィットネスルームに向かった。軽くウェイトトレーニングをして、ふくらはぎを少し伸ばしてみようかと思っていたが、いざフィットネスルームに行ってみると、いやでも昨日のことがよみがえった。ランニングマシーンのところに行って、長いあいだ見つめた。イェニがベッドの誘いに応じていれば、あんなことにはならなかっただろう。ここに下りてくることもなかったし、ランニングマシーンを使うこともなかったし、怪我をすることもなかっただろう。今ごろは新しいゴーグルをして、顔に日焼け止めを塗って、ゲレンデにいただろう。

カールはウェイトトレーニングのマシーンに触れずにフィットネスルームを出た。部屋に戻る途中、フロントデスクの隣の雑貨店に寄って、痛み止めの薬を買った。店員の女性が、どうして怪我をしたのかとたずねた。カールは、スキーをしていて木にぶつかったと答えた。

三時に下におりてイェニを待った。朝と同じベンチに座り、ビールを注文して、山を見上げた。昨日と同じように影がゲレンデに長く伸び、遠くには、雲ひとつない空にひと筋の飛行機雲が見えた。

イェニは、さっきとはようすが違うのが滑ってくるときにわかった、とカールに言った。

「ずいぶんよくなったように見えるわ。鼻が日焼けしたみたいよ。ここのベンチに座っているだけで。明日は日焼け止めを少し塗ったほうがいいんじゃないかしら。去年は夫婦そろって日焼けしたって、ナンシーが言ってたわ」

イェニは昼食のあとナンシーと一緒にスキーを楽しみ、明日の夜、一緒にディナーを食べたら楽しいだろうという話になった。

「ナンシーって、とってもいい人なの。予約を二人から四人に増やせないか、きいてみてもいいかしら」

「ぼくはかまわないよ」

「ナンシーのだんなさんはエンジニアなんですって。だんなさんも、とてもいい人みたいよ」

カールはプールに泳ぎに行く前に、もう一杯ビールを飲んだ。そのあとで、スイミングプールの横の温かい浴槽でふくらはぎを伸ばした。ここにもバーがあり、ウェイターは、お湯に浸かりながら飲めるようにビールをプラスチックのカップに注いで持ってきた。イェニも泳ぎおわると彼と一緒に湯に浸かった。日が暮れて、雪が降りだした。ふたりは浴槽に浸かりながら、雪片が空から浮かぶように舞い降りてくるのを眺めた。

カールは青いプルオーバーのセーターを着て夕食に行った。カジュアルなほうのレストランを予約していて、食後は書斎風のラウンジの炉辺で過ごすつもりだった。ふたりはバーベキュー・リブとサラダを注文した。カールは食事と一緒にビールを飲んだが、イェニはずっとダイエット・コークだった。カールはほろ酔い加減になり、気分がだいぶよくなった。

「少しは具合がよくなった？」イェニがたずねた。

カールは立ちあがり、足を椅子にのせ、ふくらはぎを伸ばした。

「今朝はこんなことできなかったよ」

「慎重にね」

「痛くないよ」

「ダーリン、わたし、とても気になっているの。せっかくの旅行が……」

「すばらしい旅行になるさ」

「わたし、信じられないくらいしあわせ」

食事を終えると、ふたりはラウンジに移った。暖炉のそばの席はいっぱいだったが、窓際の席が空いていた。外では、人々がたき火のまわりに座って暖をとっていた。カールとイェニはコーヒーを注文し、カールはブランデーも注文した。ふくらはぎはもうほとんど痛くない、と彼は言った。

「でも、慎重にね」イェニは言った。

「ずいぶんよくなったよ」カールは言った。「ぼくが回転種目で金メダルを取ったときのこと、覚えてるかい？　一九八四年に」

カールはブランデーを飲み終えると、外に出てたき火を見ようと誘った。まだ雪は降っていたが、たき火のまわりは暖かく、だれも雪を気にしていなかった。カールは横歩きで少しずつ進むのはやめて、今ではまっすぐ歩くことに集中していた。ふくらはぎに力を入れると痛むので、いつもより歩幅は狭かったが、まっすぐ歩いているのはたしかだった。彼はそれをイェニに知らせた。彼女はうなずき、慎重にねと言った。

ふたりはしばらくたき火で暖まってから、部屋に上がった。カールは勢いよくベッドに倒れこみ、イェニを誘った。彼女は「ちょっと待って」と言った。寝る前にコンタクトレンズをはずしたかったからだ。

「着いたときに、きみがベッドに来てくれていたらな」カールは寝室から呼びかけた。

イェニが出てきた。

「なんて言ったの?」

カールはもう一度言いそうになったが、やめた。

「わたしも考えていたの」イェニは言った。「ずっとそう思っていたの」

「いや、いいんだよ。冗談さ」

「あなたもずっとそう思っていたんでしょう。そうでなきゃ、言うわけないもの」

「つい口から出ただけだよ」

イェニがベッドに入ったときには、カールは眠っていた。静かにいびきをたてていて、イェニは彼の左のふくらはぎのようすを見てから、毛布を体にかけてやった。右のふくらはぎに較べて、見るからにかなり腫れていた。「少なくとも、内出血はしていないわ」と彼女はつぶやいたが、それがいいことなのか悪いことなのか、わからなかった。

カールは夜中に目を覚まし、気分がひどく悪かった。汗をかき、シャツは濡れていた。ベッドサイドのテーブルに置いたコップの水に手を伸ばし、そのあとでバスルームに行って、タオルを冷たい水で濡らして顔を拭いた。痛むふくらはぎをかばって、横歩きで歩いた。胃も痛み、頭が重かった。午前三時だった。ベッドに戻って這いあがり、長いあいだ眠れずに横たわった。

イェニが六時半に起きたとき、カールは寝返りを打ったものの、目は開けなかった。彼女は物音をたてないように動き、彼はふたたびまどろんだ。部屋の空気がよどんでいたので、彼女は隅の窓のカーテンを開け、窓を開けた。陽射しがあふれ、さわやかなそよ風がカーテンを揺らした。イェニは一瞬ためらってから、カールの横のベッドに座り、ささやいた。「あなたを待ったほうがいいかしら」

カールは目を覚まさず、イェニは彼のひたいをなでて、下の階へ行った。ロビーでナンシーに会い、一緒にオムレツとベーグルと果物の朝食をたっぷり食べた。

イェニはスキーの道具を下まで持ってきていたが、朝食のあと、カールのようすを見に戻ったほうがいいか迷い、結局、そっとしておくことにした。そして、「よく眠ったほうが体にいいわ」と自分に言いきかせた。ナンシーには、カールはゆっくり一日を始めるつもりだと話したが、ビールとブランデーのことは言わなかった。「腱じゃなかったのは、運がよかったわね」とナンシーは言った。

カールが起きたのは十時だった。胃と頭はまだ重苦しかった。ホテルの朝食の時間は終わっていたが、彼は窓辺の席に座って、コーヒーと水を飲んだ。ふくらはぎは昨夜よりも悪くなっていた。今回の旅行では、スキーはまったくできないだろうと自分でもわかった。

コーヒーラウンジにいたのは、幼い子と一緒のベビーシッターたちと、昨日の朝に会った男だけだった。彼の息子は小さいボールを床に転がして父親のほうに送り、父親はまた転がして返した。カールはふたりを眺め、ボールが彼のテーブルの下に転がりこむと、立ちあがってかがみ、ボールを取った。

「こんにちは」男は言った。「今日は調子はどうですか」

カールはあいかわらずだと答えた。

「うちのベビーシッターが胃腸炎になって、ひと晩じゅう嘔吐してしまいましてね。ぼくはこのごろ忙しくて、息子の顔をほとんど見られなかったんです。それでこの機会に一日子どもにつきあうことにしたんです。そり遊びに連れていこうかと思って」

「息子さんはいくつですか」カールはきいた。

「三歳です」

甥のキャルタンがそのぐらいの歳だったとき、カールはときどきそり遊びに連れていってやった。

「そり遊びにはちょうどいい年齢ですね。来年はスキーを始められますよ」

「お子さん、いらっしゃるんですか」男はたずねた。

あとになってふり返ると、答える前にためらったか、カールは思い出せなかった。けれども、ためらわなかったような気がした。どうしてなのかはわからなかった。

「男の子がひとり」

「いくつですか」

「もうティーンエイジャーです。十五歳になります」

「一緒に来ているんですか」

「いいえ、学校です。来られなかったんですよ」

「大きくなると、今とはまた違うんでしょうね。レイは初めての子なんです。やっと授かった子で。息子さんの名前は?」

「キャルタンです」

「どういう綴りですか」

カールは綴りを説明した。

「アイスランドではよくある名前なんですか」

カールは珍しい名前ではないと言った。

「ぼくはコンラッドと言います」男は言った。

男の子はカールに向かってボールを転がした。カールは転がして返した。

「さて」コンラッドは言った。「そろそろ行かないと。ホテルの下のスロープでそり遊びをしてきます。小さな丘があるんですよ」

「ぼくも見に行っていいですか」

「ええ、どうぞ。よかったら来てください」

医者は最初の二日間はふくらはぎを冷やして、そのあとは温湿布をするように言っていた。怪我をしてからおよそ四十八時間たった今、氷嚢を持ってきて当てるべきなのか、温湿布を始めるべきなのか、カールはよくわからなかった。結局、どちらもせず、かわりに痛み止めを飲んで、ブーツをはき、上着を着た。

カールはホテルの下のスロープでコンラッドと息子に会った。ふたりとも彼に会えてうれしそうだった。

「やってみますか」コンラッドが言った。

カールはやってみると答えた。男の子と一緒にそりで滑り、それからそりを引きずってまたゆっくりとスロープを上った。

「上手ですね。慣れてるんですね」コンラッドは言った。

カールはほほえんだ。ふたりはかわるがわる子どもと斜面を滑った。カールはふくらはぎに負担を感じたが、気にしなかった。しあわせな気分だった。

昼食の時間になり、カールはイェニを迎えに行った。コンラッドは息子になにか食べさせて、昼寝をさせるつもりだった。コンラッドとカールは一時半ごろ会う約束をした。ふたりはスキーやスポーツの怪我や（コンラッドは靭帯を切って手術したことがあった）アイスランドの（「アイスランドは緑で、グリーンランドは白いんですよね？」）話をして、すっかり仲よくなっていた。けれども、なんといっても子どもと子育ての話題が中心だった。遅く子どもを授かった人によくあるように、コンラッドはよい子育てをしようととても熱心で、カールを質問攻めにした。カールは明快に答えた。

カールがテラスに出ると、イェニが彼を探していた。

「どこに行ってたの？」イェニはきいた。

「散歩だよ」

「ずいぶん元気になったみたいね。今朝は心配したのよ、ゆうべ、飲みすぎたんじゃないかと思って」

食事のあいだ、カールは腕時計をちらちら見た。コンラッド親子との待ち合わせに遅れたくなかったからだ。イェニが気づいて、なにか待っているのかとたずねた。カールは違うと答えた。けれども彼は気もそぞろで、イェニの言うことはほとんど耳を素通りした。

「ほんとうに大丈夫なの?」イェニはきいた。

カールは大丈夫だと答えた。

「そろそろ行ったほうがいいんじゃないか」カールは言った。「じゃあ、またあとで」

イェニは納得がいかないようだったが、ようやく出発した。彼女が肩越しにふり向くと、カールは手を振り、急いでホテルに入った。コンラッドとはロビーで待ち合わせをしていた。カールは足を引きずって必死に急いだ。コンラッドとレイが彼を待っていた。

「同じところに行こうと思うんだけど、どうですか」コンラッドが言った。

カールは了解した。

コンラッドに息子のキャルタンのことをきかれると、カールはなんのためらいもなく話した。スポーツに関心はあるかとコンラッドはたずねた。キャルタンはバスケットボールに夢中だとカールは答えた。

「アメリカのチームで、ひいきにしているところはありますか」

カールは、キャルタンはニューヨーク・ニックスのファンだと答えた。

「ほんとうですか。ぼくはニックスのオーナー一家の仕事をたくさんしているんです。あの一家はマディソン・スクエア・ガーデンとラジオシティ・ミュージックホールも持っていましてね。帰る前に、びっくりさせてあげますよ」

ホテルは小さな町に近く、コンラッドの息子がそり遊びに飽きると、みんなで町まで散歩した。小さなレストランに入り、ホットチョコレートとマフィンを注文した。カールとコンラッドは、ホットチョコレートのほかにコニャックも注文した。彼らはまたバスケットボールの話をして、コンラッドはカールが帰る前にびっくりさせてあげますよともう一度言った。カールはレイにバスケットボールは好きかとたずねた。レイは熱心にうなずいた。

「一緒に試合を見に行ったことが二度あるんです」コンラッドは言った。「このあいだは、目の前でフィラデルフィアに負けてしまいました」

「おじさんも、こんどいっしょに見に行く?」レイがカールにきいた。

みんな笑った。

「カールさんはアイスランドに住んでいるんだよ」コンラッドが説明した。「ここからはとっても遠いんだ」

戻ったときは四時を過ぎていた。カールはこんな時間になっているとは気づかず、急いでテラスに出た。イェニと待ち合わせの約束をしていた。彼女の姿はどこにもなく、彼は自分の部屋に上がった。部屋にも彼女はいなかったので、きっと仲よくなったナンシーとお酒でも飲みに行ったのだろうとカールは考えた。疲れを感じて、彼はベッドに横になった。数分後には眠りに落ちていた。

イェニが部屋に戻り、まだ寝ていたカールは目を覚ました。どこにいたのかと彼女はたずねた。町に出かけて、戻ってきたら四時過ぎだったと彼は答えた。

「きみを見つけられなくて」

「待ってたのよ」

カールは疲れて、また目を閉じた。キャルタンがまだ幼かったころの夢を見ていた。夢のなかでは、彼は父親だった。ホテルの外のスロープで小さなそり《トボガン》で遊び、キャルタンは寒いと言った。心が乱される夢だった。

「プールに行くなら行くけど、どうする？」イェニが声をかけた。

カールはシャワーを浴びると言った。

「足はどう？」

彼は答えずにテレビをつけた。天気予報をやっていた。日中は晴れ、夜は雪。完璧なスキー日和だ。

「今晩、ナンシーとビルと一緒に食事する約束なの、覚えてる？」

「ビルって名前なのか」

「ええ。わたしもプールに行くのやめようかしら。トランプでもする？」

「いや、きみはかまわずプールに行ってくれ」

「予約は七時よ」

イェニは出かけた。カールはベッドに横たわった。窓が開いていて、冷たい風が気持ちよかった。

山頂が翳っているのが見えた。空は暗くなりはじめていた。彼女がいない三十分のあいだに、彼はシャワーを浴び、長いあいだ湯に打たれていた。それからひげを剃り、濡れた髪をとかした。

「だいぶ元気になったみたいね」下から戻ってきたイェニは言った。「気分はよくなった？」

「変わらないよ」

「でも、ずいぶん元気そうよ」そう言って、彼女はベッドを目で示した。「ねえ……？」

「いや」カールは言った。「もう遅いよ」

「もう遅いって？」

「ああ」と彼は言い、短い沈黙ののちにつけ加えた。「もう出かけるしたくをしてしまったから」

ふたりは七時に下におりた。つづいてナンシーとビルが来た。ナンシーはビルをカールに紹介した。イェニとビルはすでにゲレンデで会っていた。ウェイターは彼らを窓際のテーブルに案内した。カールは足を引きずった。雪が降りはじめていた。

「まったく、休暇だっていうのにさんざんだね」ビルは言った。「どんな感じだい？」

「最高ですよ。これ以上の休暇はありません」カールは答えた。

ビルは笑った。ナンシーとイェニはあいまいな笑みを浮かべた。イェニはナンシーに彼のことを話したのだろう、とカールは思わずにはいられなかった。いったいなにを話したのだろう。

「雪のコンディションは極上だ」ビルは言った。「帰るまでによくなったら、一緒に裏のコースを滑ろう。競技スキーをしていたんだって？　ナンシーから聞いたよ」

「明日の朝、よろこんでご一緒しますよ」カールは言った。

四人は食前酒を注文した。

「今日は六つのコースに行ったが、どのリフトでもちっとも待たなくてすんだ。きみたちはどう、待ったかい?」ビルは言った。

女たちはどこでも待たなかったと言い、ナンシーはリフトでイェニに声をかけてきた男がいた話をした。

「ご心配なく」ナンシーはカールに言った。「その男、まったく相手にされなかったから」

「心配なんてしていませんよ」とカール。

イェニはカールをちらりと見た。彼は酒を飲み干していた。

「それに暑かったな」ビルは言った。「昼食のあとは上着を脱いでシャツだけだったよ。きみはどこかに出かけたかい?」

「トボガン遊びにね」カールは言った。

ビルは笑った。「こりゃあいい。トボガン遊びか」

「去年は雪焼けしちゃって」とナンシー。

「きみはまるでロブスターだったな」とビル。

「失礼ね、あなただって大差なかったじゃない」ナンシーが言い返した。

みんな笑った。カールとビルはそれぞれウィスキーをもう一杯注文した。

ウェイターがオードブルを運んできたとき、カールは友人のコンラッドがレストランの向こう端にいるのに気づいた。彼は妻ともうひと組の夫婦とテーブルを囲んでいた。コンラッドはカールに手を振った。ベビーシッターの胃腸炎が治ったのだろう、とカールは思った。ということは、コンラッドとレイと一緒にそり遊びに行く機会はもうあまりないかもしれない。そう思うとひどく心が乱れ、カールは自分でも驚いた。

「だれ?」イェニがきいた。

「今日、たまたま会ったんだ」カールは答えた。

「いったいなんでランニングマシーンなんてやったんだい」ビルがきいた。「こんなこときいちゃいけないのはわかってるけど、すぐ外にゲレンデがあって、こんなにいい天気がつづいているのに、いったいどうして」

「イェニにきいてくれ」カールは答えた。

「着いたのはお昼過ぎだったから」とナンシーは言い、カールは彼女がテーブルの下でビルをつついたような気がした。「それからゲレンデに出てもしかたなかったのよ」

「乾杯」ビルは言った。「元気出せよ」

「乾杯」全員が繰り返した。

ビルはおしゃべりだった。子どもの話になり、娘は二十歳で大学生、息子は十代だと言った。

「息子は明日来るんだ」ビルは言った。「昼食のあと、一緒に滑れるだろう」

「息子さんとはよく一緒にスキーをするんですか」カールはきいた。

「ああ、できるだけ。あいつも楽しんでいるし、リフトに一緒に座っていると話す機会もできるしね。わかるだろう、ティーンエイジャーと話をするのはなかなか大変なんだよ」

「いえ、まったくわかりません」カールは言った。

「うらやましいよ」ビルは言った。「あの試練を経験しなくていいなんて、きみはラッキーだ」

ビルは笑い、カールも一緒に笑い、女たちのほほえみは凍りついた。ビルは言いすぎたと気づき、すぐに窓の外を指さした。外は今、雪が降りしきっていた。

「これなら明日のスキーはばっちりだ」

彼らは料理を食べ、コーヒーとデザートを注文した。

「おいしいお料理だったわ」ナンシーが言った。

「最高だね」とビル。「同席させてくれてありがとう」

「全部イェニのおかげです」カールは言った。「ぼくにできることといったら、のろのろ動きまわって、座って、また立ちあがって、考えるだけで。たいていは座ったまま考えてるんですけどね」

「わたしたち、明日はよくなるわよ」イェニは言った。

「わたしたちだって？」カールは聞き返した。

「ぼくらが帰る前に、絶対一緒に滑りましょう」とビル。「あなた以外はみんなスキーしているのに、ひとりでくすぶってたらいけないよ」

カールがウェイターを探そうと見まわすと、レストランを出ようとしていたコンラッドが、立ちあがってこちらに目を向けるのが見えた。コンラッドの妻と、一緒に食事をしていた夫婦は、テーブルに残っていた。彼らもこちらを見ていた。コンラッドの妻はほほえんだ。カールは彼らに軽く会釈した。彼の話をしていたのはあきらかだった。

「さて」ナンシーが言った。

「そうだな」とビル。「ほんとうにおいしかった」

ウェイターが伝票を持ってきた。ビルとカールで折半した。

「ドルが弱くてラッキーだね」とビル。

「クローナも大差ないですよ」とカール。

彼らが席を立とうとしているところに、コンラッドが戻ってきた。袋を手に、まっすぐテーブルにやってきた。彼は自己紹介した。

「今日はカールと楽しい時間を過ごしました」コンラッドは言った。「レイはまだ、楽しかったトボガン遊びのことを話してます。あの子はもうくたくたで、自分の夕ごはんを食べたとたんに寝てしまいました」

コンラッドは袋を開けて、帽子とシャツとショートパンツを取りだした。どれもニューヨーク・ニックスのロゴがついていた。

「息子さんのキャルタンが大ファンなんですよね、きっとよろこぶんじゃないかと思って。これは、あそこでぼくらと一緒に食事をしていた友人の息子さんに渡すつもりだったんですが、彼らには帰ってからまた簡単に送れますから。シカゴに住んでいるので」

コンラッドはカールに帽子とシャツとショートパンツを渡した。

「ちょうどいいと思いますよ。サイズはMだっておっしゃってましたよね」

テーブルは静まりかえった。ビルはわけがわからないという顔をしていたが、ナンシーが黙っているよう合図した。

「ありがとう」しばらくして、カールはやっと言った。ほとんど聞こえないほど、静かな声だった。カールはつとめてイェニを見ないようにしていたが、もはや視線を避けきれなかった。手にしたスポーツウェアを、そのつもりはないのに強く抱きしめていた。イェニはなにがあったのかを察した。コンラッドがキャルタンの名前を出したとたんにわかった。そして、カールの目を見て、確信した。震える手を顔に当てて、彼女は立ちあがった。

「失礼」イェニは、泣きくずれる前にそう言うのが精一杯だった。

イェニは急いでレストランから出た。カールはしばらくじっと座っていたが、やはり立ちあがった。コンラッドはまだ同じ場所に立っていた。ビルとナンシーはテーブルに着いたまま、目を伏せて空のコーヒーカップを見つめた。

カールはなにか言おうとするかのように、一瞬ためらい、結局、なにも言わずにイェニのあとを追った。

カールが部屋に上がると、イェニはバスルームに閉じこもっていた。長いあいだ閉じこもり、彼がドアに耳を当てると、泣いているのが聞こえた。

カールはベッドに座った。イェニは部屋に入ったときにあかりをつけず、彼もつけなかった。彼は暗闇に座って、バスルームのドアの下の光の筋を見つめた。彼女がようやくドアを開けたときも、彼は顔を上げなかった。

「どうしてなの？」イェニは低い声で言った。

「わからない」カールは答えた。

「前にもあったの？」

彼は首を横に振った。

「これからもまたあるの？」

「わからない」

彼はまだスポーツウェアを抱えていることに気づいたが、下におろさなかった。

「どうしてなの？」彼女はふたたびたずねた。彼にというよりも、自分自身にきいているようだった。

彼は答えなかった。暗闇に正しい言葉を求めるかのように、ただ宙を見つめていた。言葉は見つからず、彼は目を閉じた。

翌日、ふたりは帰途についた。

四月

彼らはリビングに座り、コーヒーを飲みながら湖を見ていた。マルガリェーテは、ときどき立ちあがって息子のようすを見に行った。息子はリビングで彼女に抱かれたまま眠ってしまったので、子ども部屋に連れて行って寝かせてあった。おだやかに眠っていたが、それでもマルガリェーテは数分おきに見に行って、呼吸に耳をそばだてた。聞こえないと、息子の鼻と口に耳を押し当てた。そうしないと不安でならなかった。

この夏の別荘を使うようになったのは、わずか一年前のことだ。丘をさらに上がったところに別荘を持つマルガリェーテの両親が、土地の一画を結婚祝いとしてくれたのだ。ロッジは、オスカルが自分で建てた。ほかにもいろいろ忙しかったので、完成まで長い時間がかかった。大きな建物ではなかったが、場所がよく、湖を一望できた。マルガリェーテの両親の家とのあいだには窪地があり、小川が流れ、モミやカバノキなど数本の高木が生えていた。オスカルは、妻の両親とはうまくやっていたが、それでもあいだに小川と窪地があってよかったと思っていた。

彼らは金曜に仕事を終えてから来た。天気予報ははっきりしなかったが、マルガリェーテは気にしなかった。めったに当てにならないと経験で知っていたからだ。子どものころ、彼女は湖で長い時間を過ごした。夏になると、母と子どもたちで湖に滞在し、父もできるかぎりやってきた。自分とオスカルもそうできればいいと思っていた。今日の夕方まで、そうなると信じていた。

彼らはコーヒーを飲んでいた。オスカルは窓に背を向け、彼と息子のヨナスを救った男たちは、コーヒーテーブルをはさんだ向かいにいた。マルガリェーテはオスカルの横に座っていた。また立ちあがって息子のようすを見に行こうとする彼女に、オスカルは言った。「もう放っておけ。大丈夫だ」マルガリェーテはオスカルをにらみつけたが、なにも言わなかった。彼女が部屋を出ていくと、オスカルは言った。「スコッチでもどうです？　男はコーヒーだけってわけにはいかないでしょう」

マルガリェーテが戻ると、オスカルはグラスに酒を注いでいた。

「スコッチいるかい？」オスカルはきいた。

マルガリェーテは首を横に振った。

オスカルは少量の水と氷をグラスに加えた。水は窪地のわき水から引いていた。暑い日でも冷たくておいしいんですよ、と彼は酒を用意しながら救ってくれた男たちに言った。さらに、このロッジは自分の手で建てて、電気を引くのもわき水を引くのも自分でやったと話した。

「マルガリェーテの両親のところの水は、いつもなんとなく泥臭かったんですが」オスカルは言った。「今はあっちでもうちのわき水を使っているんですよ」

復活祭は終わり、今は四月の末だった。地面は灰色で、空気は湿って冷たかったが、春は遠くないことが感じられた、夜は九時ごろまで明るく、しばらく薄明かりがつづいて、それから暗くなった。雪は消えていた。

「今はまったく風がないな」オスカルが言った。「乾杯！」

マルガリェーテは男たちを観察した。ひとりはその年の初めに両親の家の隣の別荘を買った男だった。遠くから見たことはあったが、今まで口をきいたことはなかった。彼女の両親は、男が騒々しいボートを持っていて、湖をけたたましく走りまわると文句を言っていた。せっかく静寂とハシグロオオハムの声を楽しもうとしているのに、と。

「銀行屋が」父は言った。「成り上がりめ」

ときどき隣人はパーティを開き、バーベキューの煙がもうもうと上がり、人々はベランダでビールやワインをがぶ飲みした――というのはマルガリェーテの父の話で、六十歳の誕生日にオスカルとマルガリェーテがプレゼントした双眼鏡で隣を偵察していた。マルガリェーテも同じ種類の双眼鏡を持っていた。父によると、お隣はバーベキュー・グリルをふたつ持っていて、ひとつは炭火で、ひとつはガスだという。そして、「いずれ家を丸焼けにしてしまうだろうさ」と予言した。

救ってくれた男たちが自己紹介したのは、男の子が眠ってからだった。それまではそんな時間はなかった。銀行家の名前はヴィルヘルム、友人はビョルンといった。まだ半狂乱だったマルガリェーテは、腕を広げてふたりを抱きしめた。オスカルは脇に立って見ていた。

「わかった、わかった」オスカルは言った。「そんなに大騒ぎする必要ないだろう」

マルガリェーテがオスカルに向けた視線を、彼らは見逃さなかった。男たちは目を見交わし、ヴィルヘルムが言った。「力になれてなによりです」

ふたりとも三十歳代で、健康そうだった。ヴィルヘルムは金髪、ビョルンは赤毛だった。どちらも髪は短かった。

オスカルが湖に行かないかと息子に言ったのは、夕食のあとだった。ヨナスはひとりっ子で、六歳になったばかりだった。マルガリェーテの父にちなんで名づけられ、顔も似ていると言われていた。クリスマスに祖父母から釣りざおをもらったので、オスカルはヨナスを連れて岸辺に行き、湖で釣りをした。ボートに乗って釣りをしたことも二、三度あった。ヨナスは先週末に初めて魚を釣りあげ、その小さな鱒をマルガリェーテがフライにして昼食に食べた。ヨナスはとても誇らしげだった。

ボートに乗らないかとオスカルが言いだしたのは、夕食後にくつろいでいるときだった。夕食にはサラダとラム肉を食べて、サラダに合わせて白ワインを、肉に合わせて赤ワインを飲んだ。三人とも満足していた。マルガリェーテはおだやかな感覚に包まれていた。田舎にいるときは、本を読みながらまどろみたかった。

「明日の朝にしたほうがいいんじゃない？」彼女は言った。「もう八時半よ」

「すぐ戻るからさ」オスカルは言った。「約束したんだ」

マルガリェーテは食器を洗い、オスカルはテーブルを片づけながら残りのワインを飲み干した。マルガリェーテが子どものころは、お酒を飲んだら湖に行ってはいけない決まりだったが、今、それを持ち出すのはやめた。以前にも言ったことがあるのだが、オスカルは、義父の決まりはこの家では無用だと露骨にいやがった。いずれにせよ、オスカルは酔っぱらっているというにはほど遠かったし、マルガリェーテがヨナスの救命胴衣の留め具がしっかり締まっていることを確認したあと、父子は岸に下りていった。

マルガリェーテはひとりになれる時間を待っていた。推理小説を読んでいる最中で、犯人の見当がかなりついたところだった。ふたりが出かけると、すぐに彼女は本とレーズンの入った器を持って窓辺に座った。ふたりが湖に着くころには、すっかり本にのめりこんでいた。

風が少しあり、釣りをしているとボートがわずかに揺れた。最初の場所ではつきがなく、さらに沖に出た。そこでもまったく釣れなかった。風が強くなり、オスカルはヨナスにそろそろ戻ろうと言った。ヨナスはあと少しだけとねだった。オスカルは了解したが、それでも鱒はかからなかった。「お魚はもう寝たんだよ。俺たちももう寝よう」と彼は言った。

ヨナスはしょんぼりとうなだれた。

「パパと一緒だとぜんぜん釣れないんだもん。それに、白いボートの人みたいなおもしろいこと、ぜんぜんしてくれないじゃない。ぐるぐる回ったりとか、してくれないじゃない」

白いボートの人というのは、銀行家のヴィルヘルムだった。彼はときどき湖で急旋回して遊び、ヨナスはそれを夢中になって見ていた。「大馬鹿者が」とマルガリェーテの父は言ったが、ヨナスにはなんの効き目もなく、白いボートが岸に向かって大きな波を立てるのをじっと見ていた。

ヨナスの落胆ぶりに、オスカルはむっとした。

「ちょっとだけターンしてみるか？」オスカルは言った。

「しないくせに」ヨナスは言った。「パパは、白いボートの人みたいに回るなんて、ぜったいにしないくせに」

「わかった」オスカルは言った。「しっかりつかまってろよ」

まだ岸の近くにいたので、オスカルは舵《かじ》を切り、沖に向かってスピードを上げた。そして、自分が安全だと思うぎりぎりの速度で、左にターンし、右にターンして、ふたたびスピードを落とした。

「おもしろかっただろう?」オスカルはきいた。

「ううん」ヨナスは言った。「白いボートの人とは全然ちがうよ。つまんない」

オスカルはふたたびスピードを上げ、今度は岸に向かった。腹が立って、家に戻りたかった。スロットルを目いっぱい開き、舵柄《だへい》を右にぐいっと回した。ボートは転覆した。

ふたりは水中に沈んだ。オスカルはあえいだ。浮かびあがったとき、ヨナスの姿はどこにもなかった。そのとき、ボートの反対側でヨナスの声がして、オスカルは懸命に水をかいて息子のほうへ向かった。ヨナスは咳きこんで水を吐いていた。オスカルは片手で船べりにつかまり、もう片方の手でヨナスを引き寄せた。水は非常に冷たく、どうすれば岸まで泳ぎつけるか、オスカルにはわからなかった。少年は泣き、波をかぶるたびに水にむせた。

ボートが転覆する瞬間を、マルガリエーテは見なかった。殺人犯はふたたび凶器を振るい、今回はもっともな理由があった。彼女は被害者よりも犯人に同情した。そして、伸びをして、本を置き、外を見た。

マルガリエーテは悲鳴をあげ、双眼鏡を手にあわててベランダに出た。最初にオスカルが現われ、つぎにヨナスが現われた。なにかできるわけではなかったが、とにかく湖畔を目指した。急な坂道を走ろうとして、たちまち足を滑らせた。立ちあがると、白いボートが目に入った。彼女は手を伸ばして双眼鏡を取った。

水に落ちて十分もすると、オスカルは力が尽きてきた。ヨナスをボートの船べりに押し上げようとしたが、うまくいかなかった。ヨナスはもうぐずらず、意識を失いかけているのではとオスカルは不安だった。息子を抱く手に力が入らなくなっていた。水は氷のように冷たかった。長くはもたないだろう。

マルガリェーテはオスカルの手が息子から離れるのを見た。ヴィルヘルムはふたりにぶつからないよう、慎重にボートを近づけた。彼とビョルンは船べりから体を乗りだし、手を差しのべた。オスカルはヨナスを抱いて近づいたが、もはや息子を支える力はなく、最後の力を振りしぼって、自分が救助の手につかまった。彼らはすばやく彼をボートに引きあげ、あたりを見まわしてヨナスを探した。波をかぶり、一瞬、ヨナスの姿が消えたが、すぐにまた頭が現われた。ヴィルヘルムは水に飛びこみ、少年を抱き寄せて泳いで戻った。そして、転覆したボートを曳いて岸に戻った。

マルガリェーテは双眼鏡で一部始終を見ていた。ずっと坂道の中ほどに立っていた彼女は、走って迎えに行った。彼女はボートの接岸を待ちきれず、水に入っていってヨナスを抱きしめた。そして、呆然と岸に座りこんだ。男たちがボートから下りてくると、すぐに彼女は立ちあがり、息子を抱いて坂道を上りはじめた。ビョルンとヴィルヘルムは、オスカルをあいだにはさんでつづいた。オスカルはまだ衰弱していて、歩くのに助けが必要だった。一番の急斜面にさしかかると、マルガリェーテは力を入れるために立ち止まった。ヴィルヘルムはオスカルから手を放し、彼女のそばへ行って、最後の坂を上りきるのを助けた。

ロッジの横にはジャクジーがあり、マルガリェーテはヨナスの濡れた服を脱がせ、抱いたまま湯に入った。ヴィルヘルムとビョルンはオスカルの古い水着を借りて、みなヨナスと一緒に入った。言葉はほとんど交わさなかった。オスカルはじっと湖を見ていた。遠くから見ると、波はとるに足らないように見え、雲間から夕日が顔を出すと、金色に輝いた。

ヴィルヘルムは、オスカルから乾いたジーンズとセーターを借りた。ジーンズは大きすぎたので、オスカルは物置からロープを取ってきた。そして、なにごともなかったかのような口ぶりで、「これできみもカントリー・ボーイだな」と冗談を言った。


オスカルはグラスを飲み干した。ビョルンとヴィルヘルムは時間をかけて飲んでおり、オスカルはふたりが飲み終わるまで二杯目を待つことにした。彼は湖での釣りについて話しはじめ、そのあいだも目は彼らのグラスを見つめていた。ビョルンが最後のひとくちを飲むと、即座にオスカルは立ちあがり、ボトルと氷を持ってきた。

「もう一杯どうです？」オスカルはすすめた。

ビョルンはうなずいたが、ヴィルヘルムは断わった。

「食事がまだなんです。バーベキュー・グリルでステーキを焼いているときに、ボートが転覆したので」

ずっと黙っていたマルガリエーテが、顔を上げた。

「あなたは見なかったんですか」ヴィルヘルムがたずねた。

「ええ。見ていないんです」

オスカルはその話を終わらせようとした。

「このウィスキーは、去年の春にロンドンで買ったんですよ。週末旅行で出かけましてね。グレンリヴェットの十六年です」

「おいしいですね」とビョルン。

「グリルにステーキをのせたままだ」ヴィルヘルムは言った。「火を消してきたかどうか覚えてないな」

「ぼくもだ」とビョルン。

「フィレ・ミニョンの」ヴィルヘルムはつづけた。「おいしそうな肉だったんですがね」

「夕食の残りがありますけど」オスカルは言った。「よかったら温めましょうか」

「あなたが転覆したとたんに飛びだしたから」ヴィルヘルムは言った。「おそらくステーキは黒焦げだろうな」

「ラム肉を温めますよ」オスカルは言った。

「なにがあったんですか」マルガリェーテはきいた。

男たちは目を見合わせた。

「ぼくは見ていないんです」ビョルンは言った。「なかにいたので」

マルガリェーテはオスカルを見つめ、答えを待った。家に入ってから、彼とはほとんど口をきいていなかった。彼は両手のあいだでグラスを転がした。

「自分でもよくわからないんだ」オスカルは言った。「旋回したときに、舷側《げんそく》に波を受けたんだと思う。あってはいけないことなんだけどね。船っていうのは、安定しているはずのものだから」

オスカルはヴィルヘルムをちらりと見た。ヴィルヘルムは黙っていた。マルガリェーテは立ちあがった。

「ラムを持ってくるわ」

彼女はヨナスのようすを確かめてから、肉をフライパンに入れた。グレイビーも温めて、サラダの残りをラムと一緒に皿に分けた。

「どうぞ」彼女は言った。

オスカルは自分とビョルンのグラスに酒を注いだ。ヴィルヘルムはまだ一杯目を大事そうに飲んでいた。

「あなたが水中にいたよりも短い時間で、低体温で死ぬ人もいるんですよ」ヴィルヘルムは言った。

「ヨナスを水から上げようとがんばったんだ」とオスカル。「たぶん、そのおかげであの子は助かったんだよ。そのころには、俺もすっかり体が冷えてたけどね」

オスカルはマルガリェーテを見た。彼女は目をそらせた。

「二十分は水中にいたんじゃないかな」オスカルはつづけた。

「十分以下ですよ」ヴィルヘルムは言った。「ぼくらは転覆した瞬間に飛びだしましたからね。ずっと見ていたんです」

「そうですか」とオスカル。

「バーベキュー・グリルが温まるまで、あなたがたを見てたんです」

「俺たちも、あなたがたがボートに乗ってるときにときどき見てますよ」オスカルは言った。「うちの義父は、あなたは悪い手本だって思ってるみたいですがね」

ヴィルヘルムは笑みを浮かべた。

「おたくのお父さんは、いい双眼鏡をお持ちですね。四六時中、双眼鏡をのぞいていて、ほかにすることがないみたいだ。あれはどこの製品ですか」

オスカルはあたりを見まわした。

「双眼鏡はどこだ?」彼はきいた。

「湖の岸よ」マルガリェーテは言った。

「湖の岸だって? なんでそんなところに?」

「見ていたのよ。見ていたら……」

マルガリェーテは急に口をつぐみ、立ちあがって背を向けた。今にも泣きだしそうだったが、かろうじてくちびるを噛んだ。

「結果的には大丈夫だったわけですから」ヴィルヘルムは言った。「全員無事だった。ぼくももう一杯ウィスキーをもらおうかな」

オスカルは彼のグラスに注いだ。

「トランプでもしませんか」

「ああ、いいですね」とビョルン。

「わたしはしないわ」とマルガリェーテ。

「まあ、いいじゃないか」とオスカル。

「みなさんでどうぞ」彼女は言った。

「でも、そろそろ失礼しないと」ヴィルヘルムはマルガリェーテに空の皿を渡した。「ごちそうさまでした。ほんとうに腹ぺこだったので」

ふたりの手が一瞬触れ、マルガリェーテは静かに言った。「わかったわ、少しだけね」

「よし」オスカルは言った。「ホイストにしますか」

「いいですよ」とビョルン。

「もちろん、ブリッジをやってもいいんですが、それじゃ不公平ですからね」オスカルは言った。

「どうしてですか」ビョルンはきいた。

「俺、アイスランド・チャンピオンに二度なってるんですよ」

オスカルはカードを切りはじめた。

「それなら、ぼくらとホイストなんて楽勝でしょう」ヴィルヘルムは言った。

マルガリェーテはヴィルヘルムの斜め向かいに座った。オスカルは、妻の軽蔑の表情に気づかぬまま、これ見よがしにカードを切った。ヴィルヘルムは立ちあがり、グラスに水をほんの少し入れた。

「どうですか、少しお飲みになりませんか」ヴィルヘルムはマルガリェーテに声をかけた。

オスカルが顔を上げた。マルガリェーテは気づいた。

「そうね。いただこうかしら」

「おやおや」オスカルは言った。

「氷は?」ヴィルヘルムはきいた。

マルガリェーテはうなずいた。

ヴィルヘルムは彼女にグラスを渡して座った。オスカルはカードを配り、急に顔を上げた。

「俺たちが湖にいたとき、きみはなにしてたんだ?」彼は言った。

マルガリェーテは答えなかった。

「ぼくがあなたがたを見ていたのは、まさに幸運でしたね」ヴィルヘルムが言った。

「妻はきっと本を読んでいたんですよ。この人は、いったん本を手にしたら、家が火事で焼け落ちてもきっと気づかないですからね」

オスカルは笑った。マルガリェーテは顔をそむけた。

最初の二回はビョルンとオスカルが勝った。ヴィルヘルムは、マルガリェーテがときどきぼんやりして、視線が窓のほうへさまようのに気づいた。薄暗くなっていたが、まだ湖は見えた。

「そっちは俺たちよりもいいカードを持ってるのに」オスカルは言った。「それでも負けるんだな」

オスカルは立ちあがり、ウィスキーのびんを持ってきて、ビョルンとヴィルヘルムのグラスに注いだ。たいして残っていなかったが、気を遣ってマルガリェーテの分もほんの少し残しておいた。彼女のグラスに注ぎ足そうとすると、マルガリェーテはグラスをテーブルからさっとどけて、「いらない」と静かに言った。

「そうか。それなら俺が飲むよ」

オスカルとビョルンは勝ちつづけた。オスカルは感情を抑えきれず、ヴィルヘルムがミスをするたびに指摘した。いつもはこんなことはないのだが、自分でも止められなかった。ヴィルヘルムは口元にかすかな笑みを浮かべて聞いていた。

「エンジンが止まったわけではないのは、確かですか」ヴィルヘルムが唐突にきいた。

オスカルは答えずに待った。

「ふと思ったものですから」ヴィルヘルムは言った。

「エンジンはどこも悪くなかったですよ」オスカルは言った。

「どうしてそう思ったんですか」マルガリェーテはきいた。

「ボートがのろのろと奇妙な動きをしていたんですよ」ヴィルヘルムは言った。「ひょっとして、なにかがゆるんだのかと思ったんです。ねじかなにかが」

マルガリェーテはふたりを交互に見た。オスカルは自分のカードをじっと見た。ヴィルヘルムはほほえんだ。

「この回は終わりにしよう」オスカルは言った。「抜けたい人は?」

「ぼくは抜けるよ」とビョルン。「もうウィスキーはないのかい?」

「ああ。おしまいだ」オスカルは言った。

今夜のなりゆきが、自分の手に余りはじめているのがオスカルにはわかった。

「それに、もう十二時過ぎだしね」帰ってもらおうと、彼はつけ足した。

「ウィスキーなら父さんたちのロッジにあるわ。あなた、取ってくればいいじゃない」

「俺はもう飲まない」オスカルは言った。

「わたしは欲しいわ」マルガリェーテは言った。

「一緒に行くよ」とビョルン。「新鮮な空気も吸いたいし」

オスカルは一瞬考えた。逃げ道は浮かばなかった。

「わかった」彼は言った。「行こう」

マルガリェーテとヴィルヘルムはそのまま座っていた。

「あなたがたがいないあいだに練習しておきますよ」ヴィルヘルムは言った。「その必要がありそうだ」

彼らは早足で歩いた。ビョルンはやっとのことでオスカルについていった。気温が下がり、湖から風が吹いて、窪地の木々を揺すった。

「わき水はどこなんですか」ビョルンはきいた。

「なんだって?」オスカルは言った。

「あなたが水を引いたっていう」

「あっちだ」オスカルは窪地の下のほうを身ぶりで示したが、歩調はゆるめなかった。

オスカルはときどきふり返ったが、この距離からではリビングの窓のかすかなあかりしか見えなかった。義理の親のロッジの鍵は物置のフックに下げてあった。その鍵を取って、オスカルはドアを開けた。義理の親はカナリア諸島にいた。いつもクリスマス過ぎに出かけて、五月まで滞在した。ロッジのなかはいつもの湿ったにおいがした。オスカルは酒がしまってある戸棚にまっすぐ向かい、半分入っているジョニー・ウォーカーのびんを見つけた。

そして急いで鍵をかけ、物置に戻した。

「それだけあれば十分ですね」ビョルンは言った。

彼らは同じ道を歩いて戻った。小川まで来たとき、ビョルンは双眼鏡のことを思い出した。

「湖まで行って取ってきたほうがいいんじゃないですか。たいして時間はかからないし」

彼らは小川をまたぎ、オスカルはさらに歩調を速めて岸に向かった。探してみると、すぐに双眼鏡は見つかった。マルガリエーテがヨナスを抱いて座りこんだイグサのあいだに転がっていた。ロッジに向かって戻りはじめると、オスカルが急に立ち止まった。ビョルンも足を止めて、待った。オスカルはためらったが、双眼鏡を目に当てた。

リビングにはだれもいなかった。ロッジの外も探したが、そこにもだれもいなかった。

「大丈夫ですか」ビョルンが声をかけた。

「行こう」そう言うと、オスカルは走りだした。

ビョルンよりも先にロッジに着いたオスカルは、ドアを開けた。汗をかき、息を切らして戸口で立ち止まった彼の目に、ヴィルヘルムとマルガリエーテが、リビングでさっきと同じ椅子に座っているのが見えた。たった今、座ったばかりにちがいないと彼は思った。ふたりの気配に変化があるような気がした。マルガリエーテは彼を見つめ、また目をそらせた。

「早かったですね」ヴィルヘルムは言った。

「走ったんだ」ビョルンは言った。「オスカルが早く戻ろうって急いでね」

「もう遅い」ヴィルヘルムは腕時計を見た。「ほんとうに帰らないと。ウィスキーはまた今度にしましょう」

ヴィルヘルムは立ちあがった。ドアは開いたままだった。

「ラムをごちそうさまでした」ヴィルヘルムは言った。「服は明日お返しします」

彼らが帰っても、マルガリェーテは座ったまま外の湖を見つめていた。オスカルはあいかわらず同じ場所に立ちつくしていた。口を開いたが、言葉がうまく出なかった。

「なにがあったんだ」彼は言った。「なにがあったか言ってくれ」

マルガリェーテは震えて、すぐには答えなかった。そして、顔を両手に埋めた。

「あなたはあの子から手を放した」彼女は低い声で言った。「なにがあったかって？　あなたは、あの子を放したのよ」

五月

春は知らぬ間に訪れていた。家の前の芝生は日増しに青くなり、木々は花咲き、朝、目覚めると風は暖かかった。寝室の窓のそばにモクレンがあって、カーテンに映る影で、花が咲いたことがわかった。彼はそれを妻のカレンには言わなかった。今年の初めに交わした取り決めを思い出させたくなかったからだ。あれ以来、どちらもその件を口に出すことはなかったが、もちろん彼は心の奥底ではわかっていたし、妻も忘れていないことは、見ればわかった。彼は気分が落ちこむと、妻が残りの日を指折り数えているような気がした。

彼らには娘がひとりいた。マリア・ヨンソンといい、名は彼の母の名をとり、姓はアイスランド式の「父の名＋ドッティル（〜の娘の意）」ではなく、アメリカ式に父と同じにした。彼の名はヨハン・ヨンソンといった。マリアはシカゴの大学に通っていたが、彼とカレンは娘と電話で毎週話し、頻繁にメールをやりとりした。マリアが幼かったころ、ヨハンはアイスランド語を教えようとしたが、もちろん今では忘れてしまい、ブレッサドゥール（こんにちは）、タック（ありがとう）、パッビ（お父さん）など、いくつかの単語を覚えているだけだった。それでもアイスランド語を教えるのに費やした時間を悔いてはいなかったし、今ではなつかしい思い出だった。幼い娘が彼のひざに座っていたのは、ついこのあいだのことのように思えた。

ヨハンは設計士で、カレンは心理カウンセラーだった。彼らは大学で出会い、卒業後まもなく一緒に暮らしはじめた。ヨハンは、両親が健在のあいだはアイスランドとのつながりを保とうと努力したが、時がたつにつれて状況は変わった。仕事、子育て、結婚といった日々の生活に追われ、一日二十四時間では足りなかった。あいかわらず地域のアイスランド人の集まりには顔を出していたが、このごろはひとりで出かけた。マリアは十二、三歳ごろから行きたがらなくなった。ヨハンは、興味をなくした妻と娘を責めなかったし、無理に連れていくこともなかった。彼自身は集まりの機会を利用して、アイスランド語のブラッシュアップと、同国人とのおしゃべりを楽しんだ。

ヨハンは自分がさびつきかけているのがわかった。訛っているとは思わなかったものの、そうなりかけている自覚はあったし、言葉がなかなか出てこないことも増えていた。ここ数年は、集まりの数日前から準備にとりかかり、帰宅後にインターネット・ラジオでアイスランドの放送を聞いたり、本の一節を音読したりした。一度、音読を録音してみたところ、自分の耳にも奇妙に聞こえたので、二度と試さなかった。このごろでは、集まりに出ても顔見知りは数えるほどしかいなかったが、行くのをやめようとは思わなかった。おそらく、カレンの言うように、行くことで自己イメージが強化され、自分のルーツを再確認できるからだろう。集まりで刺激を受けることはめったになかった。それでも、退屈したり、来なければよかったと思うこともなかった。歳月がたつにつれて、集まりに出てもとくに感慨を抱かなくなっていた。

マリアが小さかったころは、二年に一度、家族でアイスランドに行っていたが、それも終わりになった。カレンは一度も文句を言わなかったものの、当然ながら、この旅行のせいで、いくつものことが犠牲になった。たとえば、カレンの念願のビルマ旅行は、実現まで十年かかった。ヨハンが最後にアイスランドに帰ったのは、ショッピングモールを設計した三年前のことだ。依頼主はサーモン釣りに熱中していて、ヨハンがアイスランド出身と知ると、一緒に行かないかと誘った。ヨハンはサーモン釣りを一度もしたことがなかったが、趣味としてなかなかおもしろそうだったので、出かけるのを大いに楽しみにしていた。彼らは金曜に発って、翌週の水曜日に帰ってきた。滞在中はずっと雨で、川は凍えるほど冷たく、五匹の釣果があったものの、朝早くから夜遅くまで、川に入ってさおを握っていてなにがおもしろいのか、ヨハンにはよくわからなかった。けれども文句は言わなかった。アイスランドを発つ前の晩、ヨハンは弟一家と食事した。弟の家は新築で、港のそばに建っていた。ヨハンが子どものころは住宅地ではなかった地区だ。楽しい夜だったが、出されたのはパスタで、彼が内心望んでいた、ラム肉のローストに豆とグレーズド・ポテトを添えた昔ながらの料理ではなかった。弟とヨハンは、ほかの家族が寝たあとも、遅くまで思い出を語りあった。ヨハンはトールよりも六歳上だった。特別親密だったわけではないが、いつも仲よくやってきたし、ヨハンはトールに尊敬されていると思っていた。別れぎわ、近いうちにトールがカリフォルニアに来ないかという話をした。

このできごとから、ヨハンはアイスランドで自分がよそ者であるように感じたとか、アメリカに落ち着いたのを後悔していると考えるのは誤りだろう。これまでずっと、彼はカリフォルニアの暮らしに満足していた。カレンとの仲は良好だったし、さいわい今までのところ、大きな災難には出会わずにすんだ。マリアは八歳のときに車にはねられて腕を骨折したが、すぐに回復した。カレンは数年前に体調を崩したけれども回復し、逆にその機会を利用して、自分自身について、そして闘病中の抗鬱薬の効き目について分析した。問題といえばそれだけで、ヨハンは心のなかで、自分たちは幸運だと一度ならず思った。

ヨハンとカレンは早起きで、毎日を期待に満ちた前向きな気持ちで始めた。天候が許せば、長年手入れしてきた庭に座って、朝のコーヒーを飲みながら、新聞を読んだり、一日が始まってゆくさまをただ眺めて過ごした。庭には小さな噴水があって、小鳥がよく水浴びをした。羽づくろいをする鳥たちを眺めていると、ふたりの心はよろこびで満たされた。ヨハンは、ふたりとも歳をとっても変わらずここに座っているだろう、毎朝この庭に座り、かたわらにはいつものコーヒーカップと新聞があり、噴水には小鳥がいるだろうと思っていた。それが彼が思い描いていた晩年だったし、ふたりが健康に恵まれてともに過ごせさえすれば、将来は少しも不安ではなかった。

だから、一月初めのカレンの宣言は、ヨハンにとってまったく予想外のできごとだった。いや、そんな生やさしい言いかたではすまない。彼はすっかり打ちのめされた。あれは土曜日のことだった。クリスマスに帰省していたマリアは、翌日の朝に帰る予定だった。一月の北カリフォルニアの典型的な日で、寒くて雨が降っていた。雨は木曜からつづいていて、その朝ヨハンは、張りだしたひさしの下に立っていた。隅で堆肥が朽ち、庭は雨で灰色だったが、春の準備が始められるのも遠くないと彼は心のなかで考えた。彼は冬が——このあたりのこの陽気を冬と呼ぶなら——嫌いではなかった。庭にも人にも必要だった。雨は、彼の心を塞がせるというより、落ち着かせた。しばらくそうして立っていると、人の気配がした。ヨハンはふり向いた。カレンがドアのところにいた。しばらく前からそこにいたようだった。なにか考えこんでいるように見えた。ヨハンは彼女にほほえみかけ、また庭のほうを向いて、さっきから考えていたんだが、小さなハーブ園の横に花を植えたらどうだろう、小さな花壇を作って、なにか赤い花をメインに植えたらいいと思うんだが、と言った。カレンの返事はなく、ヨハンがそのまま庭のことを考えていると、やがて彼女は咳払いをして言った。「話があるの」ヨハンは即座にふり向いた。口ぶりが、いつもの彼女と違っていた。

「どうしたんだ」ヨハンはたずねた。

「なかに入りましょう。風邪を引いてしまうわ」カレンは言った。

家のなかは静かだった。マリアは寝ていた。昨夜は友だちと出かけて、寝たのが遅かった。ヨハンとカレンはキッチンのテーブルにつき、カレンは両手で包んだ自分のコーヒーカップを見つめた。

「わたしたち、今までずっと、たがいに正直だったわよね」カレンは言った。

ヨハンは、この言いかたはよくない前兆だとわかったが、自分が急に弱くなったような気がして、黙っていた。三十分後にふたたび立ちあがると、体がふらついて、窓枠に寄りかかった。雨はやんでいたが、彼は気づかなかった。

カレンは、これ以上自分の感情を隠せないとヨハンに言った。彼のことは大切に思っているし、彼のことを、彼とマリアのことを、だれよりも大切に思っていると言った。「あなたもそれはわかっているでしょう」とカレンは言った。「だからこれまで、あのことに正面から向き合えなかったの」

「あのこと」とは、性的関心《セクシャリティ》のことだった。カレンは、十年ほど前にそれに気づき――あるいは、自分で認めたと言ったほうがいいかもしれない――ひどくショックを受けた。当時、マリアは五歳で、ヨハンは二人目が欲しいと言っていた。カレンはなんとも答えず、彼女が乗り気ではないのを察したヨハンは、それ以上無理に言わないことにした。彼はそのままでしあわせだった。

カレンは、今こそヨハンに話そうと思ったことが一度ならずあったが、どうしても話せなかった。彼女の両親は幼いころに離婚したので、そのあとに待っている破滅的な混乱を知っていたからだ。不満なことはなにもない、とカレンは自分に言いきかせた。ヨハンはよき伴侶だったし、マリアは愛しかった。人生は完璧ではない。今あるものに満足すべきだ。

マリアが高校二年のとき、カレンはニューヨークで開かれた学会で、ひとりの精神科医に出会った。初日の懇親会で目が合い、すっかり話しこんだ。カレンはたちまち恋に落ちた。相手も同じだった。仮面ははぎ取られた。

「相手はわかっているでしょ」カレンはヨハンに言った。「ジャネットよ」

それ以来、ジャネットは毎年のように彼らの家にやってきて、カレンも同じくらいの頻度でニューヨークに彼女を訪ねた。ヨハンはなにも怪しまず、ただふたりは本当に仲がいいのだと思っていたし、ジャネットが来るのも楽しかった。彼女と一緒だと、カレンは上機嫌だったからだ。今、その理由がわかった。彼は黙っていた。ひとことも発することができず、ただ聞いていた。

話し終えると、カレンはヨハンの手を取った。彼の手は冷たく、湿っていた。

「わたしもつらいの」カレンは言った。「ほんとうにつらい。まるで自分が引き裂かれるみたい」

ふたりはともに涙を流し、体を寄せあった。やがてヨハンは立ちあがったが、力が入らなかった。カレンはそのままテーブルに座っていた。彼女は、自分がどうしたいか、この告白がふたりの結婚にどんな影響を与えるかという話はしなかった。それはまたあとのことだ。彼女はただそこに座って、涙で乱れた心を落ち着けようと、雨に濡れた庭を見つめた。

マリアには発つ前に話すことにした。実際は、そう言いだしたのはカレンで、ヨハンは時期尚早だと思ったが、呆然としていて、うなずくほかになにもできなかった。ふたりは昼過ぎまで待った。ヨハンはマリアが起きてくる前に外出して、あてもなく車を走らせ、だれもいない通りを進み、谷の斜面を上っては下り、ショッピングモールの裏の駐車場に車を停めて、エンジンをかけたまま長いあいだ座っていた。彼が家に帰ると、全員でリビングに集まった。カレンはマリアにすべてを話した。ヨハンはうつろな目で見つめ、母と娘は泣いた。

夫婦はこれまでずっと娘にはすべてを話してきたし、娘も同じだった。その日の夕方には、三人とも気持ちがいくらか落ち着いた。マリアは母親と同じ道を選んで、心理学を学んでいた。ヨハンはときどき、女たちがまるで自分自身の外に立っているかのように、徹底的に客観視しているのを感じた。そうしておきながら、自分たちの皮膚のなかにするりと戻り、泣きながら彼を抱きしめた。マリアは出発を延ばしてほしいかとたずねたが、ヨハンもカレンもその必要はないと言った。三人は中華料理店に行って、なにごともなかったかのようにふるまおうと、少なくとも、心の広い人間に対処できないことはなかったかのようにふるまおうと努めた。北京ダックを食べて青島ビールを飲み、カレンとマリアはおみくじの入っているフォーチュンクッキーを割り、そのあいだにヨハンは勘定をすませた。帰り道は雨で、朝になってヨハンがマリアを車で空港に送るときも降りつづいた。ヨハンとマリアは、カレンを支えてできる限りのことをするのが自分たちの務めだというような話をした。あとになって振り返ると、ヨハンは自分がその会話に加わっていたとは思えなかった。

　ヨハンとカレンは、彼が空港から戻ったあとも、翌日以降も、話し合いを再開することはなかった。もしかしたらヨハンは、傷口をふたたび開くようなことをしなければ、すべてが元どおりになると考えたのかもしれない。「ときには話すのはいいことだ」彼は自分に言いきかせた。「だが、なにも言わないほうがいいときもある」カレンは、告白のあとで立ち直る時間が必要だった。だから、いつもどおりにふるまおうとするヨハンの努力にほっとした。ふたりとも一年の忙しい時期だったし、仕事に打ちこむと不安を追い払えた。眠るときは体をぴったり寄り添わせ、どちらも相手がどう思っているか気になってしかたなかった。しばらくのあいだマリアは毎晩電話をかけてきたが、ヨハンは「あのこと」は話すなと言った。彼女は言われたとおりにした。

　カレンの告白から二週間が過ぎ、ヨハンは危機は去ったのではないかと期待しはじめていた。カレンは胸につかえていたものを吐きだす必要があったのだろうが、今では安心と支えと愛情に包まれた場所が一番しあわせだと気づいたのだろう、と彼は自分に言いきかせた。気配りではなく愛情だ。自分でそう納得したヨハンは、いつもとは違う行動をとらないように、彼女のご機嫌をとったり、逆に良心のとがめを感じさせたりすることがないように気を配った。こんなふうにたくさんの感情を抑えこむのは難しいと思うかもしれないが、彼はなによりも、なにごともなかったかのようにふるまいたいと強く望んだ。

　けれども、ついにカレンは心を決めた。どうしてもこれ以上一緒には暮らせないと言った。ヨハンにそんなひどいことはできない。今ではこの家に三人いる、と彼女は言った。ヨハンと、彼女と、欺瞞だ。彼らが欺瞞から解放されることはないだろう。カレンはまた、本当の自分を受け入れる術を学び、すべての束縛から解放された新しい人生を作りださなければならないと言った。彼女はこのとおりの言葉で語った。そして、自分探しが必要だと言った。「自分探し」という陳腐な決まり文句を、そのまま使った。

カレンが話しているあいだ、ヨハンは周囲にちらちら目をやり、床を見たり、窓から射しこむ陽の光を見たりした。この家のなかで、こんなことが起きるとは夢にも思わなかった。まるで自分が現実から離縁されたように感じた。彼女の言葉は、大量の無意味なざわめきのように通り過ぎていった。コーヒーは要るか、と彼はきいた。コーヒーと、彼がパン屋で買ってきたケーキがある。彼女は黙っていた。彼は立ちあがり、キッチンに行った。

翌日、カレンはジャネットの名前を出した。ヨハンは今も関係はつづいているのかとたずねた。カレンはうなずいた。

「そうか」ヨハンは言った。

「そうよ」カレンは言った。「あなたをだましたくない。わたしたち、今もそういう関係なの」

ヨハンはなにも言わなかった。

「ジャネットがわたしたちを訪ねてくるのは、いやでしょう?」カレンは「わたし」ではなく「わたしたち」と言った。ヨハンはそのとおりだと言った。カレンは、ジャネットは彼ととても話したがっているけれど、あなたの気持ちはわかったと言った。彼は、ジャネットと話す必要はまったくないと言った。話すことなどなにもなかった。

そのあとでカレンは家のことを持ちだした。急ぐわけではないの、と彼女は言った。大事なのは、ふたりが力を合わせて、争いを避けることだから、と。財産のような俗っぽいものが、ふたりのあいだの悪感情のもとになるなんて耐えられない。ヨハンは、自宅が「俗っぽい財産」とは思っていなかったが、同意した。けれども、言葉には出さなかった。ただ、うなずいた。

春まで待とうと彼女が提案したのは、そのときだった。ふたりとも慣れる時間が必要だし、太陽がもっと高く昇る季節になってからのほうが、問題を解決するのが楽に感じられると思う、と彼女は言った。彼女の心はまだ揺れているのかもしれないと考え、ヨハンはほっとため息をついた。分別のある判断だ、おたがい時間を上手に使おう、と彼は言った。なんのために使うかは言わなかったし、彼女もきかなかった。「時間を上手に使おう」と彼は言った。

カレンは二度、ジャネットのところに行った。ヨハンはなにも言わなかったが、彼女がいないあいだ、不愉快で胸がむかついた。カレンとはあいかわらず同じベッドで寝ていたが、交わりはなかった。実際、ここ数年はほんのときたまになっていたが、ヨハンは自然ななりゆきだと考えていた。ふたりとも五十歳を超えたのだし、長い年月を経て、ふたりをつなぐものはほかにたくさんあった。セックスは、ふたりのあいだにあるほんの小さな部分にすぎなかった。

そして、春が来た。日増しに暖かくなり、カレンはアレルギーの薬を飲みはじめた。朝は、コーヒーカップと新聞とともに外に座って過ごした。ヨハンは小さなハーブ園の横を耕して花壇を作ることにした。カレンに話して同意が得られると、彼の心は希望にあふれた。一年草と宿根草を両方買って、小さな植木を二株と、ハーブ園用に新しいバジルとコリアンダーの苗を買った。ある土曜日、彼は朝早く庭に出て、昼までに新しい花壇を作り、そのまわりに花と植木とハーブを植えただけでなく、芝生を刈り、熊手で庭の掃除をすませた。体をたっぷり動かして気分が爽快になり、体に照りつける太陽は暑く、冷蔵庫の水をコップに注いで、ベランダでゆっくり飲んだ。カレンも出てきて一緒に座り、ふたりで庭を楽しく眺めていると、彼はしあわせな気分になった。そのとき、彼女が言った。

「だからわたし、春になってからのほうが楽だろうって思ったのよ」

カレンはつぎの月曜日に不動産屋に連絡した。不動産屋は、このあたりの住宅需要は非常に大きいと言い、それはヨハンとカレンもすでに知っていた。不動産屋は家を見た。ふたりとも大変きれい好きだったので、家の状態は非常によかった。これならいい値段で売れるだろうと不動産屋は言った。不動産屋は庭をほめた。「週末に少し手入れをしたんです」とカレンは言い、「ヨハンが手入れをしたんです」と言い直した。遠くへ引っ越すのかと不動産屋はたずねた。ふたりは目を見交わした。「いいえ」とカレンは答え、それ以上なにも言わなかった。

数週間前、カレンはおたがい近くにマンションを買わないかと提案した。彼にめったに会えなくなるなんて耐えられないというのが理由だった。彼はその提案に乗り気な姿勢を見せたが、彼女がふたたびその話を持ち出すことはなかった。不動産屋が帰ったあと、彼女は、住まい探しを始めたかとヨハンにきいた。彼はまだだと答えたが、じつはこの家からさほど遠くないところに建築中のマンションの部屋を下見していた。同じ階にある小ぶりの部屋が二部屋売りに出ていたのだが、カレンにはまだ話していなかった。それでよかったのかもしれない。彼女は今、「最初は賃貸にしようかと思っているの。どんなこともあせったらよくないし」と言いだしたからだ。おたがい近くに住む件について、彼女がそれ以上なにか言うことはなかった。

家を買ったのは、子どもがふたりいる若い夫婦だった。買い主が来るときは、ヨハンは絶対に家にいないようにした。彼らは内覧したその日に購入を申しこみ、希望者はほかにもいた。家は提示額よりも高く売れたが、ヨハンはうれしくなかった。彼は不動産屋が目の前に置いた契約書にサインし、横に並んだ彼の名前とカレンの名前をしげしげと眺めてから、書類を返した。署名を見ると奇妙な感じがした。まるでふたつの名前は純粋な偶然で紙の上にたどりつき、今ふたたびするりと離れようとしているかのように見えた。とくにカレンの名前は彼の名前から身をそらすように傾いていて、なおさらそう見えた。

「いい値段で売れたわね」不動産屋が帰ると、カレンが言った。

ふたりはリビングに立っていた。六時を過ぎていたが、外はまだ暑かった。ヨハンはひたいの汗を拭って、窓を開けた。「ああ、たしかにいい値段だったな」

「中身はどうしようかしら」

ヨハンは、それぞれが大切なものを引き取り、ふたりで分けあうのだと思っていた。欲しいものが全部重ならなければいいと願っていた。けれども彼は黙って、彼女のつぎの言葉を待った。

「ねえ、ネットオークションに出品したらどうかしら」彼女は言った。「残りはどこかの土曜日にガレージセールをすればいいわ。そのついでに、ご近所にさよならを言えるし」

ヨハンは部屋を見まわした。最初のアパートのためにサンフランシスコの骨董品屋で買ったコーナーテーブル、マリアが具合の悪いときにいつもそこに寝たがったソファ、本棚、読書用の椅子……。

「あなたが欲しいものがあるならべつだけど」

ヨハンは答えなかった。言葉が見つからず、考えもまとまらなかった。

「個人的には、一からやり直すのが一番だと思ってるの」カレンはつづけた。「少なくとも、わたしにとっては。わたしたちの心が、家具ではなくて思い出を選ぶなら、それでいいじゃない」

あとになって、ヨハンはどうしてこの取り決めに同意したのだろうと思った。もしかしたら、呆気にとられたのかもしれない。もしかしたら、カレンがふたりの共有物をまったくどうでもいいと思っているのに、自分だけ感傷的に見えるのはいやだったのかもしれない。それでも彼は、かろうじて「マリアはどうするんだ？　あの子は自分のものをどうしたいんだ？」と言った。

するとカレンは答えた。「もうあの子にはきいたわ。自分の小さな衣装だんすだけは取っておきたいって。あの子、シカゴに引っ越すときに欲しいものは全部持っていったのよ。でも、わたしたちがこの家を引き払う前に、一度帰ってくるつもりではいるみたい。あの子の車は、そのときに売りましょう」

マリアの車は十五年もののホンダ・シビックで、ヨハンが新車で購入して何年も乗ったものだった。一度も故障せず、おかしな箇所もなかったので、マリアが運転免許を取ったとき、自然にこの車は彼女のものになった。車体は青色だったが、カリフォルニアの太陽で色あせていた。マリアは前部ドアの片方にハートを、もう片方にピースサインを描いた。

カレンはもともと実際的で、これまでもずっとそうだったが、今はかつてないほどその才を発揮していた。その夜、彼女は家具や調度品をインターネットのオークションに出す準備にとりかかり、二日後には完了した。何時間もパソコンの前に座り、写真を撮り、カタログを作り、説明を書きこんだ。ヨハンはそのようすを眺めた。彼女はソファから読書用の椅子へ、読書用の椅子からダイニングへと歩きまわり、彼らの持ちものひとつひとつに別れを告げ、ふたりの人生から切り離すことで記憶に留めようとしていた。

インターネットのオークションは三日かかった。カレンはつねになりゆきを見守り、状況をヨハンに報告した。ソファにはたくさんの入札があった。ダイニングテーブルにも多くの入札があった。イタリア製のコーナーランプには入札四件。ヨハンはうなずいたが、インターネットをのぞくのは最終日まで我慢した。最終日の夕方、職場には彼だけが残っていた。彼はＩＤを取得し、家具に入札しようとして、われに返った。それでもパソコンからは離れず、kjones とか vivip とか sagestreet とか vhill とか uptowng とか名乗る連中が、彼の所有物を競り落としていくのを見守った。七時にはすべて売り切れた。

マリアは金曜に帰ってきた。家は週明けに引き渡すことになっていて、カレンは近所じゅうにガレージセールのお知らせを貼っていた。ヨハンはこのアメリカの慣習が気に食わなかったが、なにも言わなかった。家のなかは雑然としていたので、夕食は外に出かけた。三人はレストランのテラス席に座り、谷にそびえる丘の陰に太陽が隠れるのを眺めた。この数カ月、ヨハンとマリアはすばらしい活躍ぶりだったとカレンは言った。それから、近いうちに、マリアがジャネットと「実りある時間」を過ごしてほしいというようなことを言った。帰り道に、カレンとヨハンが借りたアパートの前を通った。二軒は車で十五分の距離だった。

家に着くと、カレンはヨハンとマリアにガレージセールの配置計画を教えた。あたりは暗かったが、カレンはようすが見えるようにガレージのドア上のライトをつけた。計画では、ホンダ・シビックは玄関につづく小道に停め、その両側に借りてきた折りたたみテーブルを並べる。寸法はすべて計ってあり、テーブルと車はそれぞれ一八〇センチ離れているので、あいだにもう一つ小型のテーブルを置く。彼女はガレージに入り、車に結ぶつもりのリボンを取ってきた。リボンは白だった。

「屋根のてっぺんに蝶結びを作るの。売れたら、お金はあなたにあげるわ」

マリアはありがとうと言ったが、無理に笑顔を作っているようにヨハンには見えた。

「じゃあ、もう遅いから」マリアは言った。

「そうだな」ヨハンは言った。「そろそろ寝よう」

翌朝、三人はいつも以上に早起きして、ガレージセールの準備をした。カレンははつらつとしているようだったし、マリアもこの騒ぎを楽しんでいるふりをしていた。けれどもヨハンは、一緒に食器や花びんや写真立てや古着を外に運んだときのようすから、娘がよろこんではいないのがわかった。それでもマリアは、燭台はディナーセットの隣のほうがいいか、マリアが子どものころ乗っていた自転車の横にある木馬の隣のほうがいいかと母親に意見を求められたときも、笑顔で分別ある答えを返そうと努めた。マリアは気のないようすで同意して、木馬は本当に売る必要があるのかときいた。

カレンは顔を上げて言った。「欲しければ持っていきなさい。もう欲しいものは全部持っていったと思ってたわ」

「ううん。木馬なんて、持っていてもしかたないから」とマリアは言った。
カレン自身が引き取ったのは、服と、本と、三箱分のがらくただけだった。箱にはなにが入っているのか、ヨハンは正確には知らなかった。カレンは彼の仕事中に詰めたからだ。古い写真はふたりで分けたから、それが入っているのかもしれない。分けようと言ったのは彼で、あなたが分けてと彼女は言った。自分で選びたくないのかときくと、あなたを信頼してるわと彼女は言った。彼は言われたとおりにした。

八時にはすべての準備が整った。ヨハンは、車にリボンを結ぶなんてまぬけに見えると思ったが、放っておいた。カレンに言われたとおり、車をテーブルのあいだに停め、彼女は車の前に陣取って、右、左と指示を出した。車にリボンを結ぶのを手伝っているとき、車のキーを差したままだったことにヨハンは気づいた。

近所の人は早起きで、最初の客は、カレンが店を始めようとしているときにやってきた。朝のウォーキングから戻ってきた女友だちのグループだった。ヨハンとカレンはそのなかのひとりと知り合いで、彼女があれこれ質問しはじめたので、彼は家に入った。外に出たときにはそのグループはいなくなっていて、かわりにテニス帰りの若い男性二人がいた。ひとりはカレンが昔集めていたインク壺をいくつか買い、もうひとりは鳥かごを買った。

そんな調子で一時間が過ぎた。ぽつりぽつりと客が来て、まずまずの売れ行きだった。始まる前、カレンは、ほとんどの客は十時から一時の間に来ると言っていたが、今またそれを繰り返した。カレンはいつも以上にぴりぴりしているとヨハンは思った。インク壺と鳥かごを買った若い男たちがいなくなると、彼女はもっと客は来ないかと、通りの左右を見まわした。

「活気が出るのは十時からよ」カレンは、ヨハンとマリアにというよりも、自分に対して言った。

「それまでは静かだと思うわ」

マリアは突然、子どものころの本を夢中で読みだした。「急に思い出したんだろう」とヨハンは心のなかでつぶやいた。

まもなく十時というとき、雨が降りだした。予報では午後ににわか雨があると言っていたが、午前中についてはなにも言っていなかった。それでもカレンはぬかりなく、テーブルと芝生に並べた売りものを覆うビニールシートを買ってあった。彼らは急いでシートを広げると、家のなかに逃げこんだ。マリアはコーヒーを買ってくると言った。ふたりはリビングの窓からマリアが出かけるのを見送り、姿が見えなくなったあとも、そのまま雨を眺めていた。

「すぐにやむといいけど」カレンは言った。

「ぼくのことを、ほんとうに愛したことはあったのか」ヨハンはきいた。「あれは全部うそだったのか」

「ヨハン、どうしてそういう言いかたをするの？　あなたのことは今も気にかけているわ。それはわかってるでしょう」

「ぼくとのセックスは楽しくなかったのか、一度も？」

沈黙。

「こうなるのも当然ね」カレンは言った。「あなた、とても冷静に受け入れていたもの。どこかで怒りを解放するのは当然だわ」

「仕事のときのような話しかたをするな。よかったことは一度もないのか」

「そういうことじゃないの。今はこの話はやめましょう。怒りを表わす機会があなたには必要だわ。でも、今、その時間はないの。あなたには動揺する権利は十分にあるわ」

「権利があるだって！　そいつはどうも！　じゃあ、きみには長年築いてきたこの家庭を壊す権利があるっていうのか？　こんなに長いあいだ――」

「今はやめて」カレンがヨハンをさえぎった。「明日、話し合いましょう。きちんとやる必要があるのよ。悲しみって」彼女はそう言いかけて、言葉を切り、また話しだした。「わたしたちは生まれつき挫折や喪失を乗り越えようとする性質があるの。愛する人の死でさえね。あなたもわたしも、親が亡くなったときに経験しているでしょう。親のことは愛していたし、悲しんだけれど、やがて思い出の一部になる。人間ってそういうふうにできているのよ。愛する人の喪失を乗り越えるように生まれつきできているの。そうでなければ、先に進めないから」

「きみは死んだわけじゃない」ヨハンは言った。「妻がレズビアンになると決めたとき、それを乗り越えるようには、男は生まれついていない」

マリアの車が帰ってきた。ヨハンはバスルームに行って顔を洗った。出てくると、雨はやんでいた。

「パパ、コーヒー買ってきたわよ」マリアは言った。「ママはどこ？」

カレンはもうひとつのバスルームにいた。なかで蛇口から水が流れる音がした。

「大丈夫？」マリアは言った。

「晴れてきたぞ。ビニールシートを片づけよう」ヨハンは言った。

ふたたび太陽が顔を出した。カレンは家から出て、新しい客を迎えた。彼女のようすを見るかぎり、動揺のあとは感じられなかった。ヨハンは信じられなかった。「信じられない」と心のなかでつぶやいた。

「こんにちは」カレンは客に話しかけた。「冷たい飲みものはいかがですか。ええ、引っ越すんです。同じ場所に一生住みつづけるわけにはいかないですものね。そのランプは八十ドル、花びんは四十ドルです」

ヨハンは脇に立って眺め、それから家のなかに戻ってがらんとした部屋をうろついた。寝室は消毒薬のにおいがして、足音がこだました。ヨハンは、夫婦のダブルベッドがネットオークションで二百ドルで売れたことを思い出した。vivip とかいう奴が、もうあのベッドで寝ているかもしれない。だれがベッドを落札したのか見なかったし、買ったのがどんな男か、あるいは女なのか、カレンにきくのも我慢した。

外に出ると人が増えていて、客たちが競り合いだしているのにヨハンは気づいた。彼はそちらのほうに目をやり、見るともなく眺めていると、写真立てが目に留まった。何年か前、家じゅうに写真を飾るのが流行して、それがすたれたあと箱に詰めてガレージにしまってあったものだ。ガレージセールの前にカレンが責任を持って写真をはずすことになっていたのだが、どうしたことか、車の前にある、写真立てを並べたテーブルを見ているふたりの女性は、あきらかにおもしろがっていた。どういうことか気づいたヨハンは、夢中でふたりのところに突進した。

カレンは一部の写真をはずし忘れていた。女たちは彼らの結婚写真を手にしていた。五ドルの値札がついていた。彼女たちに気づかれる前に、ヨハンは手から写真を奪った。彼女たちの笑顔はこわばり、ひとりはびっくりして悲鳴をあげた。

客たちは彼を見た。知らず知らずのうちに彼はわめいていた。もう何カ月も吐きだせないまま心に抱えていたものが、今、言葉となって口からあふれでた。自分のわめく声を、ヨハンは初めて耳にした。しだいに声はかすれ、消えていった。マリアは両手に顔を埋め、レモネードのピッチャーを手に家から出てくるところだったカレンは、一瞬、凍りつき、あわてて彼のほうへやってきた。カレンが来るのに気づいたヨハンは、ホンダ・シビックの白いリボンを引きちぎって飛び乗った。

ヨハンは即座に車を発進させた。人々はあわてて横によけたが、カレンは彼をつかまえようとした。ヨハンが気づいたときには、まるで暗い霧から現われたかのように、突然、彼女が車の正面に立っていた。ヨハンは数分の一秒ためらい、アクセルを踏みこんだ。

ハンドルを切って通りに出るとき、なにかに当たったのは感じたが、それがカレンなのかテーブルなのかわからなかった。走りだして数秒間は、彼女であればいいと願った。心の底からそう願ったが、つぎの瞬間、その感情は今だけだろうと気づいた。きっと絶望が待っている。目の前がまっ暗になって、いったいなんということをしたのかと自問するだろう。

ヨハンはバックミラーを見なかった。太陽は高く、かまどのように通りを焼いた。今日はもう、雨は降りそうになかった。

六月

六月のよく晴れた日に、ラウラとハーマンのヴォーガ夫妻の末娘、ソウリが結婚した。式は、ヴォーガ家の別荘に近い、ロングアイランドの人気のホテルの庭園で行なわれた。海からはそよ風が吹いていた。短く刈りこまれたホテルの芝生は、下の海岸まで青々とつづいていたが、下り坂になって黄色い砂と混じるあたりは伸び放題だった。庭園には、白い椅子が海を背に並べられていた。列席者は大勢で、花嫁よりも花婿側の客が多く、ほとんどがよく日に焼けてしあわせそうだった。女たちは淡い色のドレス、男たちは明るい色のスーツを着て、何人かはシャツの襟元を開け、ネクタイのかわりに胸ポケットにチーフを入れていた。花咲く木々と巧みに刈りこまれた茂みの陰では、牧師の話のあいだにホテルのスタッフが披露宴の準備をしていた。

ソウリのドレスは、母と姉たちが婚礼で着たものだった。ハーマンは、このドレスの出番は四回しかないぞと何度も言い、娘たちはその意味を了解した。その言葉は、娘の夫たちにも同様に向けられていた——ロウスの夫チャールズと、ディサの夫マイケル、そして新たに家族の一員になったローレンスだ。義理の息子たちは、陰では義父への当てこすりを言い合っていたかもしれないが、それでも義父を尊敬していたし、とりわけチャールズとマイケルは少々怖れてさえいた。ローレンスは、ソウリと出会ったときは義父のことをほとんど知らなかったが、すぐに義兄たちから教育された。チャールズとマイケルはハーマンと同じく弁護士で、ローレンスは美容外科医だった。

ハーマンは、会社法を専門とする有名な法律事務所の上席パートナーだった。若いころはアイスランド大学の法学部を最優等で卒業し、奨学金を得て、ハーバード大学で勉強をつづけた。学位を取得してアイスランドに戻ったが、二年もすると、アイスランドでは限られたチャンスしかないことに気づいた。彼とラウラは一歳のロウスを連れてニューヨークに移り、マディソン・アベニューの七十八番通りと七十九番通りのあいだに小さなアパートを借りた。のちに同じ建物にもっと広い部屋を買い、その後、パーク・アベニューの堂々たるマンションにメゾネットの部屋を買った。そのころにはハーマンは弁護士として名を上げ、法律事務所の上席パートナーになり、有名投資家の顧問を務めていた。注目されるのを好まず、さまざまな憶測を呼んだ。それでも、彼は顧客の冷酷な代理人であり、敵に回すと怖ろしいというのは、だれもが認めるところだった。彼は頭が切れて、ものごしが洗練されていると評判で、あの訛りはスコットランドだろうと言う人もいた。体つきはやせていたが、背が高く頑健だった。ジョギングとウェイトトレーニングを欠かさず、ハーバード時代からフェンシングをつづけ、さらに幸運なことに、頭には髪がたっぷり生えていた。これは遺伝だった。こめかみは少々白かったが、それだけだった。テニスは時折楽しんだものの、ゴルフコースには近づかなかった。ゴルフはご隠居がするものだと考えていたからだ。

ハーマンは娘たちを深く愛し、とくにソウリは――生まれる前は男の子だろうと言われていたのだが――お気に入りだった。娘たちには厳しすぎず甘すぎず、みずから「柔軟な頑固さ」と呼ぶ育児法に忠実に従った。娘たちの幼いころは、大切な行事にはかならず時間を割いて参加した――学校の保護者会、学芸会、バレエ教室、さらには医者にも連れていった。まだそういうものは母親の仕事だとされていた時代で、ハーマンの同僚のなかには、そんなふうに人と違うことをしていると、あとでつけがまわってくるぞと言う者もいた。けれどもハーマンは耳を貸さず、みずからの判断に従った。

娘たちは父を愛し、尊敬し、その保護と配慮をよろこんで受け入れていれば、悪いことは起きるはずがないと信じていた。ハーマンは現実的だったので、年ごろになった娘たちの恋愛の邪魔をしても無意味だとわかっていた。しかし、娘たちは母にだけ恋のあれこれを打ちあけ、真剣なお相手のときは、父にその気持ちを伝える前に、母に根回しを頼んだ。ラウラはあらゆる面でそつがなく、娘たちの頼みも器用にこなした。ハーマンは娘たちにはつねにビジネスライクに話すように心がけていた。娘たちには、支援を求めてきた顧客と同じように接するのがもっとも効果的だと彼は学んでいた。仕事の取引と同じで、相手に優位に立たれないようにするためだ。彼は多くの結婚が、夢中になりすぎたり、準備が足りなかったせいで破綻するのを見てきたし、娘たちにもそう教えた。娘たちはうなずいた。おたがいをよく理解できるように、未来の花婿と一対一で会いたいと言った。ロウスはなにも言わずに了解し、ディサは少し考えてから同意して、ハーマンはチャールズとマイケルと話し合って、望みどおりの結果を手に入れた。ハーマンは言いたいことを人当たりよく主張した。チャールズもマイケルも弁護士で、ハーマンの言葉の選びかたを理解し、その地位に一目置いていたので、話は早かった。ハーマンは、彼らに法律事務所の新入りと同じように話しかけ、尊大ぶることなく、けれども自分がボスであることをはっきり示した。チャールズもマイケルも不当な扱いとは思わなかった。

ただ、妻たちの前ではなく、義父とふたりきりのときでありがたかったと思った。

ラウラはソウリが結婚する三年前に亡くなった。急なことで、ほとんど苦しまなかった。ハーマンは悲しみを表に出さず、娘たちをなぐさめようとした。とくに、独身で今も市内にいるソウリを気づかった。上の娘ふたりは夫とともに引っ越して、ロウスはシアトルに、ディサはボストンにいた。ハーマンは一週間だけ仕事を休み、復帰後は、なにごともなかったかのように働いた。けれども、彼をよく知る人たちの目には、その傷心ぶりはあきらかで、ラウラのような小柄で控えめな女性が、亡くなるとあれほど大きな真空をもたらすとは驚きだと言う人もいた。

ラウラは一家の別荘に近い小さな墓地に埋葬された。数年前に、彼女とハーマンはかなり考えた末にその墓地を選んだ。ハーマンはずっと、お墓は故郷のアイスランドにと考えていたのだが、それをラウラに話すと、それではだれもお墓参りにきてくれない、子どもたちはみなアメリカにいるのだから、と言われた。意外にも、ハーマンは妻の言葉に面食らった。というのも、彼はずっと、いつになるかわからないけれど、一家はいずれアイスランドに帰ると信じていたからだ。生きているあいだも、死んでからも、故国に帰ることはないと気づいたとき、彼は生まれて初めて絶望を感じた。ラウラは理解を示し、元気を取り戻させようとあれこれ手を尽くした。さいわい彼女の努力が実って、彼はまもなくいつもの落ち着きを取り戻した。

妻の埋葬のとき、ハーマンはふたたび同じ絶望感に襲われた。ラウラは春に亡くなり、地面には霜が残っていた。木々はまだ灰色で、通路はぬかるんでいた。この区画に決めたのは夏で、墓地は生命にあふれ、ここにはアジサイが生えていた。今ではその木は消え、彼の前には冷たい墓穴が大きく開き、牧師が話していた。ロウスはチャールズにもたれかかり、ディサはマイケルにもたれかかった。ソウリはハーマンの隣で涙をぬぐった。彼は道に迷ったように墓地を見わたし、ふと、自分の人生はすべて誤解の上に成り立っているように感じた。

もしかしたら、ハーマンはソウリが姉たちとは違う道を歩むのを願っていたのかもしれない。娘たちのなかで、彼女だけが高校時代の夏休みをアイスランドで過ごし、ラウラの兄の家に滞在して、最初は商店で、その後は銀行でアルバイトをした。彼女はロウスやディサよりもはるかにアイスランド語がうまく、故国のできごとに関心を持っていた。ラウラは彼に、ソウリはレイキャヴィクに男女を問わず仲よしがいるようだと言っていた。それからかなりの時間がたったが、彼は今も彼女がアイスランド人の結婚相手を見つけるのではないかと、かなり楽観的な期待を抱いていた。

ラウラが亡くなったあと、ハーマンはソウリをアイスランドの旅に誘った。ソウリは父の招きを受け入れ、ふたりはある風のない朝に、レイキャヴィクのケプラヴィーク空港に到着した。ハーマンはみずからのルーツを忘れないことがいかに大切かを説き、ソウリはうなずいて聞いた。ふたりは〈ホテル・ホルト〉に宿泊した。そしてソウリは、朝食のときに父にローレンスのことを話した。姉たちのときは母が味方になってくれたが、ソウリにその幸運はなかった。彼女は適切な言葉を選ぶのに苦労し、まるで失敗を告白するかのように恥ずかしそうにしていた。ハーマンの最初の反応は、無理もないものだった。彼は沈黙し、そのあと短い質問をいくつかした。やがて彼は自分を取り戻し、立ちあがって娘を抱きしめた。ソウリはほっとしたが、父ががっかりしているのはわかった。それが彼女の心を苦しめた。

ウェディングドレスのすそには、ソウリのイニシャルが母と姉たちの隣に刺繍されていた。牧師の話を聞きながら、ハーマンはその刺繍に目を留めた。暑い日で、海ではヨットが動きを止め、風を待っていた。新郎新婦が誓いの言葉を交わしているあいだに、ウェイターがグラスにシャンパンを注いだ。式が終わると、ウェイターたちが銀のトレイにグラスを並べて客たちのあいだをまわった。新郎の母が、離婚した女友だちふたりにハーマンを紹介した。ハーマンはいつものように紳士的に握手を交わしたが、なんの関心も示さなかった。彼をよく知る人は、再婚することはまずないだろうと考えた。彼は今も、ひとりきりになるとラウラに話しかけ、パーク・アベニューのマンションでも、ロングアイランドのイースト・ハンプトンの別荘でも、妻の服はクローゼットに吊るされたままだった。化粧品は――使いかけの香水のびんや、クリームや、化粧品などは――今もバスルームにあった。すべて妻が置いたままになっていて、娘たちは、母の遺品の整理を手伝おうかと父に言うのをあきらめていた。

ハーマンは、まだローレンスとふたりきりで話す機会がなかった。彼はこの新しい義理の息子に理不尽な怒りを感じており、それが消えるまで待ちたかった。ものごとに対処するときは、冷静な頭を保っていることが彼には重要だった。助言をしてくれるラウラがいない今回は、十分な準備をしておきたかった。彼と新郎が幸先のよいスタートを切ることが、ソウリのためにも大切だった。

ハーマンは、披露宴の最中に、今年の夏に新婚夫婦を彼と一緒のアイスランド旅行に招待することに決めた。彼らにはべつの計画があったが、せっかくのハーマンの誘いを断わりたくなかった。ハーマンは、ソウリのルーツのある場所を彼らの心に刻みたかったし、同時にこの旅行が、ローレンスと知り合う絶好の機会になるだろうと考えた。ローレンスは学業優秀で、すでに医者としても成功していたが、ハーマンは、この義理の息子は礼儀正しいが、チャールズやマイケルのようには、彼と彼の世界に敬意を払っていない印象を受けていた。そのことが、結果的にソウリとの結婚生活に広く影響するような気がして、なんとしても正しておきたかった。アイスランドはそのための絶好の場所になるだろう。

ソウリとローレンスは、フランスに新婚旅行に行った。パリで数日過ごしてから、列車でプロヴァンスに向かった。そして、カルパントラスの北の、ブドウ畑に囲まれた小さな田舎の村を見下ろすホテルに泊まり、毎晩ベランダで食事を楽しんだ。月は山の上に大きく黄色く昇り、ふたりは食事のコースの合間に、そして食事のあとに、手をつないで月を眺めた。ローレンスは月と星を詠んだ日本の詩を暗唱し、ボードレールにも触れた。彼の読書家ぶりに、ソウリは驚いた。

ニューヨークに戻ると、新しい家を見つけるまでのあいだ、ソウリはローレンスの部屋で一緒に暮らした。すでにローレンスは、目ざわりだと思ったものはすべて処分していた——友だちとニューオーリンズに行ったときに買ったプラスチックのペンギン、レノックス病院で研修医だったときの骨格模型、注ぎ口にろうそくを差した古い赤ワインのボトル。部屋を上から下まで掃除したあとは、居心地よくなるように、女友だちに頼んでさまざまな小物を揃えてもらった。さらに、ソウリが自分の持ちものを置く場所があるよう配慮し、気に入らないものがあったら遠慮なく捨てていいと彼女に言った。

その夏、ニューヨークは蒸し暑かった。ソウリとローレンスはふたりきりの時間を楽しみ、仕事のあとは、よく夕食をキッチンの外のバルコニーで食べた。日が暮れると、ろうそくを灯して手をつないだ。それから薄暗い部屋で愛を交わし、ローレンスはソウリにささやき、彼女はその言葉を永遠に忘れないだろうと思った。

ふたりがニューヨークからアイスランドに向かったのは、八月半ばのことだった。ハーマンはすでに二日前に現地に入っていた。レイキャヴィクは雨が降っていて、早くも秋の気配が感じられた。ローレンスは寒かった。薄手の上着しか着ていなかったので、夜行便で着いた空港のターミナルから出ると、急いでタクシーに乗った。その日は水曜だった。滞在は金曜までの予定だった。彼は早くも帰りたくなっていたが、妻と義父をがっかりさせたくなかったので、口には出さなかった。彼はソウリに、ハーマンは自分の父親と似ているところがある、ああいうタイプは知っていると言った。けれども、それ以上は語らず、彼女もたずねなかった。

今回、ハーマンは老舗の〈ホテル・ボルグ〉に部屋を取った。彼はソウリとローレンスを世界最古の議会が開かれたシングヴェトリルに連れていき、そのあとは北の氷河か、さらに北にあるラウラの出身地、アクレイリまで連れていくつもりだった。けれども、ホテルのロビーにあったゴムボートで川を下る急流ラフティングと氷河のツアーのパンフレットを見て、気が変わった。フロントの若い女性にツアーについてたずねると、とてもいい内容ですが、急流ラフティングのほうは元気で健康な方向きですと言われた。さらに彼女は、スカガフィヨズルの氷河川がもっとも難しく、冒険家タイプに人気があると言った。

「年齢制限がございまして、東ヨクルサ川は十八歳以上、西ヨクルサ川は十二歳以上となっております」

ハーマンは東ヨクルサ川のツアーを三名分申しこんだ。

ソウリとローレンスは、ホテルに着くとすぐ、ハーマンと一緒に朝食をとった。雨は降りつづき、風は激しくなっていた。ローレンスは外の雨に目をやり、きかなければいけない気がして、アイスランドの国と国民について質問した。ハーマンの答えは微に入り細にわたった。彼は義理の息子に、千百年以上前にアイスランドを発見したバイキングについて、サーガの文学的遺産について、漁業権をめぐるイギリスとの「タラ戦争」について、温泉について、力強い川と、世界のどこにもまさる国民の長寿について語った。

「それは魚のおかげですか」ローレンスはきいた。

「かもしれん」ハーマンは言った。「だが、おそらく遺伝的なものだろう」

彼らは外を眺めた。数台の車がゆっくり通り過ぎたほかは、通りはがらんとしていた。

「天気がいいと、とてもきれいなのよ」ソウリが元気づけるように言った。

「いつでもきれいだ」ハーマンは言った。「今日これから、きみにもわかるだろう。いつだって美しい、どんな天気でもな」

「これからシングヴェトリルに行くの」ソウリはローレンスに説明した。「覚えてる？　世界で初めて民主議会が開かれたところ」

「じつは、予定を変更したんだ」そう言って、ハーマンはふたりに急流ラフティングのパンフレットを渡した。

ふたりはパンフレットをじっくり読んだ。ローレンスは席を立ってトイレに行った。

「パパ、彼がこういうのに酔いやすいって、知ってるでしょう?」

ハーマンは、それは知らなかったが、心配はいらないと言った。

ふたりとも適した服装ではなかったので、ハーマンは中心街のアウトドア用品店に連れていった。彼が店員とやりとりして、自分で払うと言ったローレンスをさえぎって、代金を払った。

「ソウリからアイスランド語を習ったか」ハーマンはきいた。

「いえ、あまり」ローレンスは答えた。

「心配するな、そのうちなんとかしてやる」ハーマンは言った。

彼らは十時に出発した。北へ向かう途中、若くて屈強なガイドがその日の予定を説明した。若者は川でガイドを始めて三年目だと言い、海外からの客、とくにアメリカからの客は、急流ラフティングが大好きだと言った。

「難しいんですか」ソウリがきいた。

「ええ、ですが問題はありませんよ。ぼくらガイドがふたりつきますから。きっと楽しいですよ、保証します」

荒れ地《ムーア》に着くまで雨は休みなく降りつづいた。やがて太陽が顔を出し、彼らがスカガフィヨズルに下りるころには、空は雲ひとつなく晴れていた。

「見て」ソウリが海を指さしてローレンスに言った。「ほら見て、きれいね」

「独特だね」とローレンスは言った。

北への移動は車で三時間かかった。最後の一時間は、ローレンスはうたた寝をした。ハーマンはガイドと話し、ソウリは聞いていた。ガイドはフェンシングをやってみたいと言った。ハーマンはフェンシングの基本を解説し、雑誌とウェブサイトの名を挙げて、本気だったら見てみるといいと言った。

「ふだんからウェイトトレーニングをしているんですか」ガイドがたずねた。

「ああ。ほかにジョギングもしている」ハーマンは答えた。「この歳になると、やらないとだめだ」

「失礼ですが、おいくつですか」ガイドがきいた。

ハーマンは当ててみろと言った。ガイドは考え、口にした答えは実際より十歳ほど若かった。

「うれしいね」ハーマンは笑顔で言った。

一行の車は、川にほど近い小屋に停まった。そこからはヨクルサ川は見えなかったが、川音は聞こえた。川までは荒れた草地がつづき、そよ風に揺すられて背の高い草が波打った。

もうひとりのガイドが小屋で彼らを待っていた。ネパール出身で、ゴムボートは川に運んであると言った。一行はウェットスーツを着て、ヘルメットと救命胴衣を身に着けた。

「こんなもの、ほんとうに必要なんですか」ローレンスがきいた。

ふたりのガイドはほほえんだ。

「ええ、必要なんです。そのうちわかりますよ」アイスランド人のガイドが言った。

「肉のスープがありますけど、今、食べますか」同じガイドが言った。

「いや」ハーマンが言った。「ラフティングのあとのほうが、ありがたみがあるだろう。そう思わんか」

彼らは歩いて川まで下った。ソウリはローレンスの手にそっと手を差し入れ、ほかの人には聞こえないようにささやいた。ローレンスはうなずいた。

草地を下ると、急流に浸食された谷底に川が見えた。川までは急な小道がつづいていた。岩にボルトで留めてある鎖につかまるよう、ガイドは身ぶりで示した。ガイドが先頭に立ち、そのすぐあとにハーマンがつづいたが、ソウリとローレンスは谷の上でためらった。中ほどまで下りたハーマンが、足を止めて振り返った。

「来ないのか」ハーマンは呼びかけた。

「ぼくはここで待ってるから、行っておいでよ」ローレンスがソウリに言った。「これはぼくには無理だ」

ガイドは谷底に着いた。

「大丈夫ですか」アイスランド人のガイドが呼びかけた。

「ええ」ソウリが答えた。「今、行きます。さあ、わたしの手につかまって」彼女はローレンスに言った。「下を見ないようにして」

ローレンスはその手を取らなかったが、それでも下りはじめた。少しずつ進んで、足元の小道以外は見ないように努めた。太陽が顔に照りつけ、彼は片手をひたいにかざした。下では川が彼を待っていた。ガイドが立っているあたりはおだやかだったが、さらに先のほうでは勢いよく流れ、急流や小さな滝と化していた。

「よし」ふたりが下りてくるとハーマンが言った。「さあ、行こう」

全員がなんとか一艘のボートに乗りこんだ。ガイドが手順とやりかたを説明した。

「遠くまで行かなきゃならないの、パパ」ソウリが声をひそめてたずねた。

「とりあえず、どんな感じか行ってみよう」ハーマンは答えた。「ローレンスは大丈夫だ。心配するな」

ローレンスは青ざめて、押しだされるボートにしがみついていた。川は最初はおだやかだったが、すぐに危険ではない急流に何度か入った。急流を下るとき、ソウリは悲鳴をあげた。楽しんでいる悲鳴だった。ハーマンは娘とローレンスにほほえんだ。ローレンスは押し黙り、ボートにしがみついていた。

「ほら、なんてことないだろう」ハーマンはローレンスに声をかけた。

谷間に照りつける太陽は暑かったが、水は冷たかった。川はほとばしるように流れた。川を下りながら、ガイドたちは岸辺の見どころを指さした。アイスランド人のガイドは、義理の息子さんは大丈夫ですかとハーマンにきいた。ハーマンは大丈夫だと答えた。

三十分後、前方に大きな急流が見えた。ローレンスはハーマンに体を寄せ、岸に停まって少し休めないだろうかと頼んだ。ハーマンはそれをSOSと理解し、度量の大きいところを見せることにした。

「ちょっと休憩したい」彼はガイドに呼びかけた。

このあたりの川はまだ比較的おだやかで、川岸は平らで砂地だった。ボートを川から引きあげると、ガイドは肉のスープが入った魔法瓶を取りだした。

「ありがとうございます」ローレンスはハーマンに言った。

ハーマンはローレンスの肩を大きく叩いた。ソウリは父親を見てほほえんだ。ハーマンもほほえみ返した。

彼らはヘルメットを脱ぎ、スープを少し食べた。ローレンスは太陽に背を向けた。ソウリはガイドにこの先の急流についてたずねた。

「楽しいですよ」ガイドは答えた。

「危険かしら」

「いいえ、全然そんなことありません。気をつけて進みますから」

「きみはわたしの隣に座っていればいい」ハーマンはローレンスに言った。

「ちょっと目まいがするんです」ローレンスは言った。「川に酔ってしまったみたいで」

「がんばってるじゃないか」ハーマンは言った。

「みなさんが下っているあいだ、ぼくはここで待っていてもいいんですが」とローレンス。

「それはよくないな」とハーマン。「恐怖には立ち向かわなければいかん。さもなければ、一生、克服できん」

ローレンスはそれ以上なにも言わなかった。黙って座り、川を見つめた。鳥が崖のまわりを旋回し、その影が音もなく通り過ぎた。鳴き声は急流の叫びに消されて聞こえなかった。

「ねえ、大丈夫?」ソウリがローレンスにささやいた。

ローレンスは答えなかった。

ふたたび出発するとき、ハーマンはローレンスを呼んで隣に座らせた。彼に片方のパドルを手渡し、どう使うかやってみせた。崖がしだいに近づき、川幅が狭まった。流れはしだいに強まり、ボートを引っぱった。ハーマンとローレンスはパドルを水に入れたが、ただの格好だった。川は整然と流れていたからだ。ガイドは大声で励まし、ソウリは子どものころのように悲鳴をあげた。少なくとも、ハーマンにはそう感じられた――彼女は娘たちのなかでいつも一番活発だった。

急流の上まで来て、ハーマンはこれからの展開を予想した。そのとき、ローレンスがパドルを落とし、取り戻そうとしているのが目に入った。なんとも弱々しい動きだった。そして、彼は川に落ちた。まるで袋がボートから転がり落ちるような、ぶざまな落ちかただった。

ハーマンは義理の息子のあとを追って川に飛びこんだ。すでにローレンスは水中に沈み、急流に流されていた。ハーマンも水に潜り、ふたたび浮上すると、川下に赤いヘルメットが沈んでいるのが見えた。彼は水を懸命にかきわけ、まもなくその場にたどりついて、ローレンスを岸に引き上げた。義理の息子はどっしりと重く、まったく動かなかった。一瞬、ハーマンは最悪の事態を予想したが、そのときローレンスはひざをついて体を起こし、咳をした。彼が少量の水を吐いているあいだ、ハーマンは大げさに背中を叩いてやった。ローレンスは岩に座り、ヘルメットを脱いだ。ヘルメットは、急流を流される際に岩に当たって、へこんでいた。

ガイドとソウリは、川をかなり下るまでボートを岸に着けられなかった。岸をさかのぼる道は足元が悪かったが、三人は懸命に急いだ。そのあいだ、ローレンスは水を吐きつづけ、ハーマンはなにかしてやれることはないかと彼にたずねた。

「いいえ」ローレンスは言った。「もう十分です」

最初、ハーマンはその言葉を自分への非難と受け取ったが、レイキャヴィクへ戻る車に乗ると、わからなくなった。責められているのか、命を救って感謝されているのか、ローレンスの口ぶりからは判断がつかなかった。というのも、そう言ったとき、ローレンスはまだ吐き気が治まっていなかったからだ。今、義理の息子は静かに座って車の窓から外を眺めていた。みな静かだった。話すことはなにもなかった。なにが起きたのか、みなわかっていた。さっきアイスランド人のガイドがうっかり口にしたとおりだった。「パニックを起こして体が固まったんだ」とガイドは言った。

その夜、三人は街の中心部にあるレストランで食事した。ハーマンは事前に電話して、シャンパンで迎えてもらうよう手はずを整えた。ローレンスに申しわけないことをしたと思いはじめ、無理せずシングヴェトリルに行けばよかったと後悔した。そして、できるだけ好意的にふるまおうと心に決めた。それが賢明だろう。ソウリを敵に回すわけにはいかない。

ハーマンはローレンスに仕事のことをたずね、さも興味深げに答えを聞いた。ローレンスは丁寧に、けれども手短かに答えた。メインディッシュを食べているとき、ハーマンが言った。「きみがソウリの故国を初めて訪れた体験が、いつまでもきみの記憶に残らないといいんだが。北への旅は楽しいだろうと思ったのだがね。わかっていれば……」

ローレンスは困惑し、今日のことについてハーマンを責めた。ハーマンのような人物はよく知っている――つねに優位に立たねば気がすまず、相手を支配せずにはいられない。自分の父親もそういう人物だったと何度も言い、息子を威圧して意のままにしようとしたと批判した。だが、それははるか昔、まだ自分が子どもだったころのことだ。

ソウリはハーマンに腹を立て、あいだに入らなかった自分を責めたが、ローレンスを見る目が変わったのは否定できなかった。今はこんなに力強く、快活なのに、さっきは突然、別人のようだった。ソウリは動揺した。彼女は三人姉妹のなかでも特別に繊細で、自分にはものに動じない人が必要だとわかっていた。母もそう言っていた。亡くなる前、母はソウリに、たくましくて意思の強い伴侶を見つけるようにと言った。

ホテルに戻り、ローレンスはソウリの変化に気づいた。ベッドに入り、彼女を腕に抱いて、首筋を、首のつけ根のくぼみを、乳房をなでているときに、なにかが違うのを感じた。雨がふたたび降りだしていた。


その年の秋、ローレンスとソウリはマンハッタンのグラマシー・パークの近くに小さな部屋を借りた。部屋は魅力的で明るく、リビングの窓から公園が見えた。ローレンスは仕事が忙しく、ふたりはめったにハーマンと会わなかった。それでもソウリは父とよく電話で話し、姉たちにも電話した。ハーマンはいつもと同じように平然としていたが、娘たち、とくにソウリとロウスは、父はさびしいのだと意見が一致した。一方、ディサは、父が母の死を乗り越えつつあると考えた。前よりも頻繁にコンサートに行っているし、ほぼ毎日フェンシングをしている、とディサは言った。ソウリは姉たちに急流ラフティングのことを話した。

「ローレンスはパニックを起こして体が固まっちゃったのよ」ソウリは言った。

「揺れに弱いって、パパに言わなかったの？」ディサはきいた。

「言ったわ。でも、だからって川がダメだとは思わなかったみたい」とソウリ。

「パパは頑固だから」とロウス。「ほかの人もみんな自分と同じだと思ってるのよ」

「でも、ローレンスの命を救ったのよ」とソウリ。

「パパったら、それも楽しんだんじゃない？」とディサ。

姉妹は笑った。

その秋、ハーマンは三人の女性とデートした。すべて、そろそろ彼によさそうな女性を紹介してもいいころだと考えた友人たちの計らいだった。ひとりはクライアントの妹だった。離婚していて、ハーマンよりいくつか年下で、グラマーだと言われていた。一緒に行ったレストランは、料理はおいしくてサービスも行き届いていたが、ハーマンは退屈だった。残りのふたりも退屈だった。彼女たちとは、話したいとも、ベッドをともにしたいとも思わなかった。彼はラウラが恋しかった。

マリリンとの出会いは偶然だった。出会ったのは近所のホテルのバーで、ウェイターが全員黒の制服を着ている高級ホテルだった。ハーマンはフェンシングの練習の帰りで、家に帰る前に一杯飲もうと考えた。マンションでひとりになるのを先延ばししようと、ときどきする寄り道だった。彼は隅の小さなテーブルに席を取った。カウンター席の彼女は、丈の短いワンピースを着て、彼に背を向けていた。彼はじっと見つめ、ふり向くのを待った。彼女は視線を感じ、少し待ってから、肩越しにちらりとうしろを見た。そのとき、ハーマンは彼女がラウラによく似ているのに気づいた。とくに、笑顔と顔にかかった髪を払う仕草が似ていた。まるでラウラがよみがえったかのようだった。

ふたりは言葉を交わした。彼女はハーマンがデートした女たちのようにぺらぺらしゃべらず、言葉を選んで簡潔に話した。よく選ばれた短い言葉だけで受け答えした。ハーマンは家に帰ると彼女のことを思った。ベッドに入っても彼女を思い、翌日も思った。彼は彼女に電話して、マンションに招いた。彼女は招待を受け入れた。

取り決めはどちらにとっても都合がよかった。ハーマンは彼女をよろこばせたかったし、暮らしを楽にしてやりたかった。彼女のほうも、彼の援助を気取らずに受け入れた。彼女は四十歳ぐらいで、まだ魅力にあふれていたが、つらい経験も落胆もそれなりに味わっていた。子どもはなく、ここ一年は国連に勤める男性とつきあっていた。その男は、ある日突然、彼女になにも言わずに帰国し、姿を消した。

彼女は毎週火曜と木曜の夜七時に来ることになった。ハーマンは近所のレストランから料理を届けさせ、彼女とふたりで食べたが、あまり言葉は交わさなかった。一緒にいると心が安らいだし、ダイニングの窓の外には心奪う眺めが広がっていたので、会話の必要はなかった。その日は、ハーマンはかならず六時半には帰宅して、スーツから、スラックスと襟元を開けておけるシャツに着替えた。ほほにコロンをつけ、ターンテーブルにレコードを載せた。CDプレイヤーもあったが、ラウラと一緒に聴いた古いレコードをかけたかった。ベニー・グッドマンやビリー・ホリデイなど、ほとんどがジャズだった。マリリンは彼女なりに時間に正確で、いつも七時十分過ぎにやってきた。

ベッドでのハーマンは思いやりにあふれていた。マリリンにとっては意外ではなかった。彼と過ごすのは楽しかったし、感じたふりも不要だった。マンションに飾られたラウラの写真を見ると、自分とよく似ているると思わずにはいられなかった。マリリンはそういうことかと気づいたが、とくに違和感はなかった。

出会ってから数週間たち、ハーマンは彼女にラウラの服を着てくれないかと言った。黒いワンピースで、彼が会議で出張した際に、ラウラのためにロンドンで買ってきたものだった。彼はいつもその服が好きで、クローゼットから出すと、もしよかったら着てみてくれないかとマリリンに頼んだ。彼女はよろこんで身につけた。まるであつらえたようにぴったりで、ラウラのほかのワンピースやブラウスやスカートもそうだった。マリリンは、彼の部屋に来るとラウラの服を着るのがならわしになった。最初はワンピースやスカートだったが、やがて下着やストッキングやガーターベルトや靴も身につけるようになった。ハーマンは仕事から帰ると服を選び、ベッドに並べておいた。ことが終わると、彼は服をクローゼットに戻し、彼女は来たときの服にまた着替えた。

関係はうまくいった。ハーマンはラウラの性格や癖を少しずつマリリンに話し、察しのよいマリリンは、ハーマンと過ごすときは、その性格や癖をできるかぎり演じた。彼女は、若いころ演劇のレッスンを受けたことがあり、一時は女優として身を立てられないかと思っていた。ハーマンといると、そのころのことがつぎつぎによみがえり、彼女は彼とお芝居ごっこする機会を――とくに寝室で――楽しんだ。どちらにとってもも好都合だった。

ハーマンは彼女と過ごす夜が待ち遠しく、週三回に増やしたい気持ちをぐっとこらえた。一方、マリリンも、ほかに恋人が欲しいとは思わなかった。彼女は宝石店で週に二日働いていた。その収入と、ハーマンからの援助があれば十分だった。新しくできたスポーツジムに入会し、よく女友だちと食事をした。彼女はハーマンとの取り決めを大切にして、長いあいだ、友人にもだれにも話さなかった。ふたりの関係は永遠につづいたかもしれない。ときどきハーマンは、これは普通なのだろうかと自問したが、たいていすぐに、そもそも普通とはどういうことかとみずから問い返した。これまで世の中をさんざん見てきて、人間の心にはさまざまな小部屋があることを彼は知っていた。

マリリンは、どうして宝石店の店主のマータに打ちあけることになったかよく思い出せなかった。彼女とは気が合ったが、とくに親しいわけではなかった。打ちあけ話は少しずつ進んだ。最初は、つきあっている男性がいるとだけ認めた。やがて名前を明かし、ついには、仕事のあとでワインを飲んでいるときに、その男性は妻に先立たれ、ときどき自分は彼の亡くなった妻の服を着ているとしゃべってしまった。マータに詳しく教えてとせがまれて、マリリンは余計なことまでたくさん話した。たとえば、彼はアイスランド系だということ。たとえば、終わったあと、彼女が身につけた下着を彼が洗面台で手洗いすること。

数日後、マータは顔のちょっとした整形手術をしてもらった医者が、妻はアイスランド系だと言っていたのを思い出したが、つぎの診察まで、それ以上考えることはなかった。彼女が受けたのは鼻をまっすぐにする手術で、施術中も多少おしゃべりができた。マータが自分の記憶は正しいかとたずねると、医者は、ええ、妻はアイスランド系ですと言った。さらに二言三言交わすと、彼の義父はハーマンだということがわかった。

マータはもともと口が軽かった。投薬と局所麻酔にもかかわらず、偶然の一致に驚いたのも手伝って、いつも以上に慎みを失った。自分のしていることの意味に気づかぬまま、彼女はローレンスにマリリンのことをしゃべった。あとになって、状況を考えれば許されるとは思ったが、服と下着とマリリンが若いころに受けた演劇のレッスンの話は余計だったと悔いた。言いすぎたのは自分でもわかった。

マータはこのことをマリリンには話さなかった。世間は狭いという話はどんなときでもおもしろいので、話したいような気はしたが、マリリンの信頼を裏切ったのだし、口をつぐんでいたほうが賢明だと思った。

ローレンスも最初はなにも言わなかった。もともと執念深いほうではなかったが、それでもアイスランド旅行以後、ハーマンとの力関係を修復し、父親もしょせん人間だということをソウリに示す必要があるのは感じていた。思い過ごしかもしれないが、急流ラフティングの一件で妻との関係に傷がついたという思いは消しがたかった。

数日後、ローレンスは宝石店を訪れた。マータにご優待いたしますと言われていたので、ソウリの誕生日プレゼントにネックレスを買った。けれども、本当の目的はマリリンの姿を見ることだった。月曜の夕方で、マータもマリリンも店にいた。マリリンが彼の接待を担当した。マータも手伝い、マリリンが見ていないすきに、彼に視線を送って彼女がその人だと教えた。これまでに見た写真から、ローレンスは彼女がラウラと偶然とは思えないほど似ているのに気づいた。

その晩、ローレンスはソウリを誘ってレストランに食事に出かけ、誕生日はまだ二週間先だったが、買ったネックレスをプレゼントした。暖かな夜で、通りは人でにぎわい、レストランは舗道にテラス席を出していた。ソウリは黄色いワンピースを着て、ブロンドの髪は下ろしていた。その美しさにはっとして、ローレンスは二度も彼女にそう伝えた。二度とも彼女はほほえんだ。ふたりのあいだのテーブルではろうそくが燃えていた。

ローレンスは例の件を慎重に持ちだし、ネックレスを渡したあと、ごく自然な調子でハーマンの話に持っていった。ローレンスは立ちあがって彼女のネックレスの金具を留め、ろうそくのあかりがチェーンに光るさまを見つめた。ソウリの首と胸元は美しく、首のつけ根のくぼみには影があった。当分、美容整形の必要はないだろう。彼女はローレンスのほほにキスし、彼は席に戻った。ふたりはグラスを掲げた。ローレンスはマータの話をした。

ソウリは驚いた。

「いつからつづいているって言ってた?」ソウリはきいた。

「一年近くだって。定期的に会っているらしいよ。きみのパパの部屋で」

「パパ、なにも言っていなかったけど。一緒にいるところはだれも見ていないし。少なくとも、わたしの知り合いは。ロウスやディサの知り合いも」

「人目につくのを避けているんじゃないかな」

「えっ?」

「そんな気がしただけさ」

「なにか隠してるわね。なんなの」

ローレンスは水差しからグラスに水を注いだ。

「これはきみのパパの小さな秘密なんだよ。パパだって自分の人生を生きたっていいじゃないか。

きみも姉さんたちも、すべてを知る必要はないんだ」

「なんですって？」ソウリの口調はしだいに強くなった。

「相手の人は、きみのママに似ているんだ。びっくりするくらいそっくりなんだよ……」

ソウリはつぎの言葉を待った。

「どうやら、きみのママの服を身につけているらしいんだ。冗談抜きで」

「どういうこと？」

「部屋に行くと……どうやらきみのママの服を着て、演技するらしいんだ。きみのパパの望みでね。そうすると燃えるんだって。終わったあとは、パパが下着を洗面台で洗っているらしいよ」

ソウリはそのあと食事が終わるまで無言だった。ローレンスは考えに沈む彼女をそっとしておいた。暖かな夕暮れのなかを歩いて帰る途中、彼があれこれ話しかけても、ソウリはなにかに気を取られたようすでうなずくばかりだった。

その晩、あかりを消す前に、ローレンスは言った。「このことで大騒ぎするなよ。だれだって欲望はあるんだ。親たちだってね。きみも姉さんたちも、パパは孤独だってずっと話してたじゃないか」

ソウリはひと晩じゅう、新たに知ったこの話を自分はどう思うのか考えた。眠りは乱れがちだった。朝になり、ソウリは姉たちに電話した。ソウリは基本的に楽天的な性格だったが、今回は自分のなかでなにかが壊れたように感じていた。ハーマンとラウラの結婚は娘たちの手本だった。とくにロウスと彼女にとってはそうだった。自分たちの結婚生活でうまくいかないことがあると、そういうとき両親の関係はどんなふうだったか考えた。ふたりのあいだの無言の敬意を、愛と気配りを考えた。ソウリは、それらの思い出がどこか汚されたように思えてならなかった。

ロウスの反応はソウリと同じだったが、ディサは父に同情的だった。彼女は社会学者で、ほかのふたりほど世間知らずではなかった。おまけに、大学時代に男ふたりとベッドを共にしたことがあると告白したことさえあった。その話のとき、三姉妹はシャンパンを飲んでいて、ロウスとソウリは悲鳴をあげて笑ったが、絶対にそのお手本のまねはしないと言い切った。

「ちょっとぐらいお楽しみがあったっていいじゃない」ディサはソウリに言った。「あなただって、パパがすっかり枯れたとは思ってないでしょ?」

「でも、今回はママのことがあるのよ。下着まで使って。ママはストッキングとガーターベルトなんて使わなかったわ」

「ソウリ、あなたってほんとにうぶね」

ディサは放っておこうと言ったが、何度も電話で話すうちに、姉妹を代表してソウリがハーマンと話すことになった。うわさを本人から隠すのは正しくない、と三人は話し合って納得した。うわさが広がったら恥をかくのは父だ。もっともなことだが、ハーマンは自分の評判を気にかけていた。

ソウリは木曜の昼休みに父に電話して、話したいことがあるから、今晩、マンションに行ってもいいかときいた。彼は、今晩は都合が悪いから、明日ではだめかと言った。ソウリは、今、なにをしているのかとたずねた。彼は答えるかわりに、なにかあったのかときいた。ソウリが否定できずにいると、彼はすぐに会おうと言った。

「オフィスに来られるか? 二時に。それでいいかね」

ソウリは二時に父のオフィスに行った。本棚には立派な本が並び、壁には絵が飾られ、床にはペルシア絨毯が敷かれ、コーヒーテーブルには花びんに活けた生花と画集があった。ソウリとハーマンは一緒にソファに座った。娘が動揺していることに彼はすぐ気づき、どうしたのかとたずねた。彼女は、彼に愛人がいるといううわさを聞いたと言った。

「愛人はいない」ハーマンは訂正した。「だが、女性の友人はいる。いけないことではないだろう?」

「ええ、いけないことではないわ」

「だれもママのかわりにはならないからね」

ソウリはそれはわかっていると言った。ハーマンは娘の肩をやさしく叩いた。彼女は一瞬ためらい、それでも勇気をふるい起こした。

「その人、ママの服を着て、ママみたいに演技してるって、ほんとなの?」

ハーマンは、守りに入る必要があると即座に悟った。ソウリとオフィスで会ったのはさいわいだった。ここなら戦いに慣れている。ハーマンはどういうことかとたずねた。彼女は説明した。ただし、下着を洗面台で洗う話に露骨に触れるのは控えた。彼はどこでうわさを聞いたのかたずねた。彼女は話した。

「ローレンスだって? あいつが言ったのか」

ソウリは夫のために弁解し、自分が無理やり聞きだしたのだと言った。うわさの出どころはある患者で、その女にマリリンが関係を話したのだと説明した。

ハーマンは立ちあがった。ソウリは父のいらだちを見逃さなかった。彼は窓辺に立ち、外を眺めた。

「ソウリ、これは深刻な問題だ」ようやく彼は言った。

ソウリはくちびるを嚙んだ。不安なときにやるいつもの癖だった。

「これをそのままにしておくわけにはいかないのは、おまえもわかるな」

ソウリはなにもしないでくれと懇願した。もう一度ローレンスと話すから、たぶんその女性の話を誤解したのだろうと思うから、と。その人は、ひどく大げさに話を作ったのかもしれないし、すべて誤解に基づいているのかもしれない。

ソウリは外に出るとすぐに夫に電話した。彼はあざの除去手術中で、電話に出られなかった。一時間後に彼から電話があったときには、ハーマンはすでに必要なところに電話をし終えていた。

マリリンは、話したことをすべて撤回して、マータには全部作り話だったと言うと約束した。そして、マータが今度ローレンスに会ったときに、全部うそだったとかならず言うよう約束させると誓った。マリリンは今にも泣きそうだった。ハーマンは、関係はこれで終わりではないし、彼には許す度量があると彼女が思うよう、慎重に話した。彼女はこの収入なしにはやっていけないし、彼との時間は彼女にとっても楽しかったはずだ。彼も関係を終わらせたくなかった。彼女ほど一緒にいてくつろげる相手がほかにいるとは思えなかった。

「どうなると思ってたんだい？」ようやくソウリに電話をかけなおしたローレンスは言った。「そりゃあ、きみのパパはすべて否定するだろう。同じ立場だったら、ぼくだってそうするさ」

「あなたも否定するの？　わたしに本当のことを言わないの？」

「自分の娘に、愛人に死んだ妻の演技をさせて、ことがすんだあとみずから下着を洗ってるなんて言うわけないよ。だれだってプライバシーが必要だろう」

電話にしばし沈黙が流れ、やがてソウリは咳払いをして、ローレンスにマータに電話してほしい、自分もべつの電話で聞くから、と言った。

「その女の声が聞きたいの。彼女がそういう話をするのを、この耳で聞きたいの。そうしたら、本当のことを言っているかどうかわかるわ」

「放っておけよ。ぼくらには関係のない話だ」

それでもソウリは強く言い張り、ローレンスは帰宅するとマータに電話した。ソウリは部屋に二台ある電話機の片方で会話を聞いた。マータは自分の役割を上手に演じた。マリリンを裏切ったことを恥じ、過ちをつぐないたいと心を決めていた。

「先生、そんなに大騒ぎなさらないで」マータは言った。「先生がわたしを薬漬けにしなかったら、あんな話しなかったのに。お薬のせいで頭が混乱しちゃったのよ」

ローレンスはだまされなかった。マータの声にいつわりの響きを感じ、怒りが抑えきれなかった。彼女を問いただし、だれの指示で話を変えたのか教えろと言った。ローレンスは義父の名前を出した。

「いったいなんのことかしら」マータは言った。ローレンスは、以前彼女が話したことを、演劇のレッスンや、服や、ガーターベルトや、洗面所で手洗いする話は本当だと言えと強く求めた。マータは、そんなことを言ったなんてまったく記憶にないと言った。

「先生、なんでこんなことなさるの？」マータは言った。

ローレンスはなおも問い詰めたが、彼女は断固として態度を変えなかった。そして、彼女が電話を切って終わりになった。

春になり、ソウリとローレンスは別れた。合意の上の結論だった。なにがいけなかったのかは、はっきりわからず、おたがいに思いやりのある態度を示した。ローレンスはハーマンに、彼という人間をどう思っているか言わずにおいた。ローレンスは最近、同じく医者の女性と出会い、彼女との新生活をすぐにでも始めたいと強く願っていた。

ソウリとローレンスがグラマシー・パークの部屋を引き払ったのは、よく晴れた日のことだった。そよ風が海から吹いていた。ふたりともまだ若く、いわゆる財産を――ほかの人から見ればがらくたを――貯える時間がなかった。彼らは、つつましい持ちものを憎みあうことなく分けた。部屋が空になったあと、彼らはふたりきりでリビングに立っていた。ソウリがぼんやり窓の外を見ているあいだに、ローレンスは上着を着て、彼女の肩にそっと手を置いた。

「ぼくにとってはもうどうでもいいことだけど」彼は言った。「きみのために言っておくよ。きみのパパはうそをついたんだ」

ローレンスはソウリのほほにキスをして、部屋を出た。そのあと、ソウリは長いあいだ立ちつくしていた。公園の木には花が咲きはじめ、赤とピンクに染まった空はまるで作りもののようだった。まわりの建物にあかりが灯り、人々が窓辺に現われるのが見えた。遠くから見ると、みなまったく問題を抱えていないように見えた。

ハーマンはしばらくマリリンと会いつづけたが、もはや関係はうまくいかなかった。彼らのお芝居ごっこは観客を想定していなかったのに、今ではだれかに見られているような気がしてならなかった。

ハーマンはしばらく休もうと提案した。ある雨の木曜日の夜、彼は彼女をマンションの外まで送っていって、舗道でさようならと言った。ふたりとも、二度と会うことはないとわかっていた。ハーマンは、もう一度ラウラに別れを告げているように感じた。

ウェディングドレスは、ハーマンがすそからソウリのイニシャルをとり除かせたのち、パーク・アベニューの家のクローゼットに収まった。仕立屋の腕はみごとで、イニシャルの刺繍の跡は、まったく残らなかった。

七月

写真家のマーグヌス・トールは、長身で肩幅が広く、手にしたカメラが小さく見えた。フランスの写真学校で学んでいるとき、彼はラルティーグの作品、とくに地中海で撮影した写真に夢中になった。そして、卒業すると、南仏に向かった。インガと出会ったばかりのころで、彼は彼女を一緒に誘った。ふたりはアンティーブ岬の小さなホテルに泊まり、ラルティーグが一九二〇年から三〇年代に恋人たちを撮影した場所で、マーグヌスはハッセルブラッドを使って彼女を撮った。光はおだやかで明るく、あらゆるものを半透明のベールで包んでいるように見えた。インガの写真を現像し、その光のなかで彼女を見ると、彼女への愛は一層深まった。

ある写真では、彼女は薄いシーツにくるまり、ホテルの部屋の窓枠に腰掛けていた。外に向かって開く大きな窓だった。外はけだるい午後で、室内はまだ朝の痕跡がベッドに残っていた。すべてがこのうえなく純粋で無垢に感じられ、まるで罪というものがこの世に出現する以前に撮影された写真のようだった。

アイスランドに戻り、マーグヌスは写真展を開いた。写真展のカタログの表紙には、窓枠に座るインガの写真を用い、裏表紙には自分の写真を載せた。彼はフランスにいるあいだに髪を伸ばし、それを手際よくまとめていた。豊かな髪は肩まで届き、それでも小ざっぱりしていた。

展覧会は成功だった。ふたつの新聞に評が載り、批評家たちは、マーグヌスは将来有望な新人だと口をそろえた。展覧会の紹介記事にはインガの写真が添えられた。彼女を知る人々は感心した。

マーグヌスはラルティーグとそっくりだという声が聞かれるようになったのは、しばらくしてからだった。そのうわさは、新聞にこそ出なかったものの、同業の写真家たちのあいだでは、ほどなくささやかれるようになった。インガの耳には届かなかったけれども、マーグヌスの耳には入った。これは個人攻撃だと思ったが、ラルティーグの写真集を引っぱりだしてみると、自分の作品がオマージュの域を越えているのに気づいた。彼はショックを受け、しばらくは自分の才能に自信を失いかけた。インガは彼の動揺に気づき、なにを悩んでいるのかとたずねた。マーグヌスはフランスが恋しいと答え、それ以上は語らなかった。インガはもともと実際的だったので、要領よく彼を元気づけて自信を取り戻させた。落ち着きを取り戻したマーグヌスは、ラルティーグの写真集を箱に片づけ、倉庫にしまった。

その年の秋、マーグヌスはレイキャヴィクの中心部にスタジオを開いた。一九七五年のことで、首都とはいえ静かだった。マーグヌスは芸術的だという評判を集めていた。結婚写真や子どもの堅信礼の写真は、けっして革新的ではないが、ほかとはどこか違っていて、人々の家で注目を集めた。彼はたちまち人気の写真家になり、彼とインガはローンを組んでマンションを買うことができた。スタジオは大きくなり、インガは気に入った仕事を見つけた。彼女は看護師で、夜勤のない仕事を選んだ。歳月が過ぎた。彼らのあいだには子どもがふたり生まれ、手ごろな庭のある気持ちのよい家に引っ越した。マーグヌスはたくさんの仕事を抱え、町では有名だった。美術関係の催しには、インガと一緒に、あるいはひとりで熱心に足を運び、彼の顔写真はよく新聞や雑誌に掲載された。あいかわらず髪は豊かで、しゃれためがねをかけていた。

マーグヌスの写真展の記憶は時間の霧に消え、ラルティーグの盗作などと言う人は、もはやいなかった。常識をわきまえた人なら、時とともにそのような過ちを忘れるものだし、マーグヌスは会う人すべてに好感を持たれた。彼は過去の記憶にとらわれないよう努め、かわりに仕事に集中した。趣味のために写真を撮ることはめったになく、まして、もう一度写真展を開こうとは夢にも思わなかった。やがてアイスランドでファッション誌が創刊されると、彼は編集者に気に入られ、仕事を選べるようになった。それと並行して、広告代理店の依頼で数えきれないほどの写真を撮った。

けれども時がたつにつれて、マーグヌスはむなしさを感じるようになった。仕事はすっかり手順の決まった作業になっていた。才能を発揮する機会はないが、リスクもなかった。スタジオは繁盛していた。アシスタントを雇い、自由になる時間は十分すぎるほどあった。だが、その時間をどう使えばいいのか、自分でもわからなかった。昔からフライフィッシングに関心があり、なんとなく魅力的なイメージを抱いていたので、今が挑戦するときだろうと決心した。胸まである長靴と釣りざおと疑似餌を買って、友人とソグ川とラクサ川に出かけた。けれども、釣りには夢中になれなかった。川岸に立って、川が流れるのを眺めているときでさえ、むなしさは胸から去らなかった。なにかがすり抜けていく感覚につきまとわれ、彼は思わずさおを強く握りしめた。

一方、インガはしあわせそうだった。仕事を減らして自分の時間を作り、冬は大学で歴史の講義を受講し、夏はガーデニングに精を出した。毎日水泳をして、友人と長い散歩に出かけた。子どもたちはふたりともすでに家を出ていた。娘は結婚して町の西端に引っ越し、息子はイギリスに留学していた。

インガは、夜は本を読んだりテレビを見たりして過ごし、十一時には就寝した。マーグヌスはこのごろテレビに集中できず、本も思うように読めなかった。ある晩、彼は地下室に行き、古いがらくたをひっかきまわした。べつになにか探していたわけではなかったが、まもなくフランス時代の写真が、写真集や展覧会のカタログと一緒に入っている箱に行き当たった。最初は少しためらったが、いつのまにか夢中になって写真を見ていた。なにをしているのかと上からインガにきかれて、整理をしていると彼は答えた。出したものは全部箱に戻したが、翌日、車に積んでスタジオに持っていった。それから数日、彼は、夕方、アシスタントが帰ったあと、写真に片端から目を通した。経験を積んだ目から見ると、数点の写真は傑作の一歩手前まで行っていた。その事実に、彼は深く考えこんだ。

季節は初夏だった。夕べの空は明るく、夜は短かった。インガはやることがたくさんあった。午前中は保健センターで働き、午後はガーデニングか運動をして過ごした。彼女は一、二度、マーグヌスにどこか具合が悪いのかとたずねたが、それ以外はそっとしておいた。

ついにある日、マーグヌスは自分の才能を試そうと決心した。仕事ではない写真を撮るのは本当に久しぶりで、最初は自信がなかった。けれども勇気を奮いたたせ、ハッセルブラッドのほこりを払い、被写体を探しに出かけた。たくさん撮ったが、箱に入っていた写真と較べると、がっかりしないわけにはいかなかった。

七月初め、マーグヌスはパリに撮影に行ってほしいと広告代理店から依頼された。フランスを訪れるのは五年ぶりだったし、気持ちを高める必要を感じていたので、報酬は航空運賃と二日分の滞在費をかろうじてまかなえる程度だったが、よろこんで引き受けた。撮影には、エリーザベトという若いモデルが同行した。年齢は二十歳で、彼の娘より三歳若かった。マーグヌスは彼女を守ってやりたい気持ちになった。これまでに、誘惑を感じたことは一度ならずあったが、けっしてインガを裏切ることはなかった。エリーザベトも、彼の父性を目覚めさせただけだった。マーグヌスは、自分より二十歳も三十歳も若い女性とつき合って、若さを取り戻したと言う男たちを知っていた。どうかしていると思ったが、大人なので黙っていた。

エリーザベトは活発な子で、腕を広げておおらかに世界に近づいた。大小問わず、あらゆることに興味を示し、目に留まったものを飽きることなくマーグヌスに伝えた。

「マギー、見て！」エリーザベトは彼の腕を引っぱって、繰り返し口にした。「ほら、見て！」

初日は夜遅くまで仕事をして、ホテルに近い小さなレストランで一緒に食事をした。エリーザベトは、マーグヌスがフランス語を流暢に話すのに大いに感心して、訳して教えてほしいとせがんだ。

「『おなかがすいた』はなんて言うの？」

「ジェ・ファム」

「じゃあ、『このチキンはおいしい』は？」

「ル・プーレ・エ・ボン」そう言ってから、彼はつけ加えた。「ヴァ・トゥ・クッシェ・ト、コム・サ・トゥ・ヌ・スラ・パ・ファティゲ・ル・マタン」

「なんて言ったの？　響きがとってもきれい」

「早く寝なさい、明日の朝、疲れが残らないように」

エリーザベトは笑って、夏のあいだここでアルバイトをしている女友だちと会う約束をしていると言った。友だちに夜の街を案内してもらうのだけれど、早く戻ると約束した。「まだ十一時だもの」と彼女は言った。「わたし、お酒は飲まないし、心配しないで」

ホテルの外で、エリーザベトは彼のほほに行ってきますのキスをして、タクシーに乗った。

ふたりの部屋は隣りあっていた。マーグヌスは疲れていたのに眠れなかった。暗がりでしばらく横たわっていたが、やがてベッドサイドのあかりをつけて、持ってきたラルティーグの写真集を取りだした。公園で女性を撮影した一九二〇年の写真に、ラルティーグ本人のコメントが添えられていた。

わたしは庭園でビビの写真をつぎつぎに撮った。そのあいだじゅう、望むものはすべて捉えられる、失われるものはなにもない、色彩も、美しさも、空気のかぐわしさも、なにもかも失われることはない、と自分に言いきかせた。小鳥たちの歌も。彼女のほほの繊細な紅潮も。わたしの欲望さえも……。

マーグヌスは、かつて撮影したインガの写真を数枚持ってきていた。彼はそれをベッドサイドのあかりで吟味した。「欲望か」彼は心のなかでつぶやいた。「欠けていたのはそれだ」

マーグヌスはエリーザベトが二時に戻ってくるまで起きていた。雨が降りだしていた。彼はあかりを消し、窓に当たる雨音を聞きながら眠りに落ちた。

翌朝、朝食のときに、マーグヌスは一緒に南仏へ行かないかとエリーザベトを誘った。

「費用はぼくが持つ」

「本気?」エリーザベトはきいた。

エリーザベトは両親に電話して、あと二日こちらにいると伝えた。マーグヌスはインガに電話して、戻るのが遅れると言った。

「撮影はうまくいってるの?」インガはたずねた。

「ああ」マーグヌスは答えた。「だが、今日は雨だ」

マーグヌスは、エリーザベトと南仏へ行くことは言わなかった。

翌朝、ふたりは飛行機に乗り、正午にニースに着いた。マーグヌスはレンタカーを借りて、まっすぐアンティーブ岬に向かった。インターネットで手ごろなアパルトマンを見つけてあった。アパルトマンは海辺にあり、かつて彼とインガが滞在したホテルにもほど近かった。マーグヌスとエリーザベトは、荷物を部屋に置くと、服を着替えた。リビングにはソファベッドがあり、マーグヌスは自分はそこに寝るから、エリーザベトは寝室を使うようにとかたくなに言い張った。飛行機のなかで彼はうっかり口をすべらせ、パリで彼女の帰りを待っていたことを話してしまい、明るくからかわれた。今も彼女はそのときと同じ態度をとり、彼はほほえんだ。そして大きな窓を勢いよく開き、服を脱いでシーツにくるまり、窓枠に座ってくれないかと彼女に頼んだ。彼は彼女をたくさん撮影した。外からの光は彼が立っているところまで届かなかったが、それでも心は輝きと明晰さに満ちあふれた。

時間はたちまち過ぎた。マーグヌスはなにもかも新しい目で見ているように感じた。心は解き放たれ、歩みは弾むようだった。エリーザベトを疲れさせないよう気づかいつつ、カメラを置くことはほとんどなかった。エリーザベトは、この旅が彼にとってどれほど重要か察して、懸命に仕事をして、彼女なりにやさしく励ました。彼女は地中海が初めてで、一瞬一瞬を楽しんだ。男たちは彼女に色目を使い、声をかけてきたのもひとりではなかった。マーグヌスはいつでも助けに行けるよう身構えたが、その必要はないことがすぐにわかった。彼は彼女をほめた。エリーザベトは笑った。

「ありがとう、おじさま」

レイキャヴィクに戻ると、マーグヌスはスタジオに直行し、フィルムを現像した。広告代理店が待っているのだから、パリで撮ったものから現像すべきだったが、自分を抑えられなかった。地中海で撮影した写真が、自分の才能の真実をついに明らかにするだろうという予感がして、ひどく緊張した。暗室で写真を吟味していると、手が震えだした。彼は作品と手を交互に見つめた。赤い光に照らされた手は、幅が広く、分厚かった。彼は感極まって涙を流した。

翌日、パリの写真を広告代理店に送った。うまい写真だったが、地中海の写真とは較べものにならなかった。熱に浮かされていた彼は、アンティーブ岬で撮ったエリーザベトの写真を二枚同封した。一枚は窓枠に座っている写真、もう一枚は浜辺に立って海を見つめているのを横から撮った写真だった。海には船が一艘浮かび、船の男は岸を見ていた。海は鏡のようだった。

数日後、広告が掲載された。ある新聞にはパリの写真が掲載され、べつの新聞にはアンティーブ岬のアパートの窓枠で撮った写真が掲載された。マーグヌスは朝食のときに新聞を読んだ。インガは仕事に行くしたくをしていた。よく晴れた日だったので、帰ったらすぐに庭仕事をしようかしらと彼女は話していた。

「これ、ぼくがパリで撮った広告だ」とマーグヌスが言うと、インガがやってきて彼の肩越しにのぞいた。

「いい写真ね」彼女は言った。「わたし、もう行かないと」

インガは家ではあまり新聞を読まないが、保健センターではときどき目を通した。彼女がアンティーブ岬のエリーザベトの写真を見たのは、昼休みの直前だった。彼女はいつまでもその写真から目が離せなかった。

インガは仕事が終わるとすぐ、マーグヌスのスタジオに直行した。一時を過ぎたばかりで、マーグヌスは外出していた。アシスタントが上の空であいさつした。パスポート写真を撮りにきた老夫婦の相手で忙しかったからだ。インガはマーグヌスの仕事机の上にあったフランスの写真を見つけた。彼女は取り乱し、トイレに行って涙を拭った。見つけた写真のなかには、エリーザベトを撮ったもののほかに、エリーザベトが撮った、ベッドにいるマーグヌスの写真もあった。早朝で、先に起きたエリーザベトが、コーヒーとクロワッサンを彼のために運んできたのだろう。マーグヌスはコーヒーカップを手に持ち、上半身裸で、腰までシーツにくるまり、顔にほほえみを浮かべていた。

インガはマーグヌスの帰宅を待った。彼は五時に帰ってきた。ふたりが喧嘩するのは珍しく、マーグヌスは、まるで言い争いを遠くから眺めているような、どこか人ごとのような気がした。こうなるのは予想できた。マーグヌスは弁解したが、なぜ地中海行きを妻に言わなかったのかは説明できなかった。説明しようとしても、インガが長年誇りに思ってきた写真を、彼のほうはずっと恥じていたとはとても言えなかった。最後には、彼はエリーザベトの携帯電話の番号を紙に書き、インガの目の前のテーブルに叩きつけた。

「電話しろ」マーグヌスは震える声で言った。「ぼくを信じないなら、あの子に電話しろ。あの子は、ぼくにとって娘みたいなものだ」

マーグヌスは乱暴に飛びだして、遅くまで帰らなかった。そのあいだにインガはエリーザベトと話し、なにもかも哀れに感じた。なぜ、彼が昔ふたりで出かけた場所に行って、若かったころに彼女を撮影した場所で、二十歳の女性を撮影したのかは理解できなかったが、いずれすべてあきらかになるかもしれないとインガは自分に言いきかせた。今はそれよりも、仲直りするほうが大切だった。

「彼女に電話したわ」インガは帰宅したマーグヌスに言った。「誤解だったわ」

マーグヌスは首を左右に振った。

「きみがぼくよりも赤の他人を信用するっていうのは、どういうことなんだ」そう言うと、彼はその場を離れた。

インガはなにかが壊れたのを感じた。マーグヌスも同じことを感じた。彼はこれまでの人生を思いながら車で町を走り、怒りはますます募っていった――テラスハウス、庭、子どもの堅信礼の写真、結婚写真、無駄に費やした時間。一度も癇癪を起こしたことのない彼が、今はどうしても怒りを抑えられなかった。

それから数日、彼はほとんど家にいなかった。インガが話しかけてもぶっきらぼうに答え、彼女はしだいに殻に引っこんで、嵐が過ぎ去るのを待った。夫にどう接すればいいかわからず、不安だった。そのせいで眠れなくなった。マーグヌスはベッドに入るのが遅くなり、ふたりは並んで横たわり、目覚めたまままぶたを閉じて、たがいの呼吸に耳を澄ませた。あるとき、彼女が彼の手にそっと手を差し入れようとすると、彼は手を引っこめた。

一週間が過ぎて、インガは沈黙を破る決心をした。状況が悪化しているのを感じ、不安が募っていた。

「ねえ、マギー」彼女は声をかけた。「話し合いましょう」

「なんだって」

「わたしたち、話し合えないの？」

「もう手遅れだ」

「わたしの勘違いだったわ。もう百回も謝ったじゃない」

「そういうことではない」

「それなら、どういうこと？」

「すべてなんだ」マーグヌスは言った。「なにもかもなんだよ」

インガはまだ釈然としなかったが、彼を失いかけているのはわかった。その勘はけっして外れてはいなかった。マーグヌスは、新しい生活を始めたいと心のなかで考えるようになった。ただし、それがなにを意味するのかは、いまだ漠然としていた。いろいろありすぎて明晰に考えられる状態ではなかったが、それでも海外に移住しようと思いついた。エリーザベトと帰途についた日にニースの空港で買った新聞をまだ捨てていなかったので、掲載されている不動産広告を見た。サンポールドヴァンスと海辺の町に、手ごろな値段のアパルトマンが売りに出ていた。広い部屋は必要ない。ワンルームとキッチンでいい。あとはエリーザベトとともに再発見した火花があれば。それをふたたび失うことを、彼はひどく怖れていた。

マーグヌスは、数件のアパルトマンの詳細を送ってもらう手配を、体調が悪くなる前にすませていた。電話した不動産屋は親切で、観光シーズンが終わると価格が下がるので、買うのは九月まで待ったほうがいいと言った。「ですが、今から下調べをしておいて悪いことはありません」不動産屋は言った。「いい物件はすぐなくなりますから」

マーグヌスは昔から病気が怖くてたまらず、最初は症状を無視しようとした。痛みは、夜にトイレに行って排尿したときに始まったが、トイレのあかりをつけなかったので、尿に血が混じっていたかはわからなかった。けれども翌日は、血がはっきりと混じっていた。それでも、二日たつまでインガには話さなかった。彼が自分からインガに話しかけたのは二週間ぶりだった。彼の口調はこれまでとは違っていた。不安げな彼のようすにインガはついほっとしたが、すぐにそう思った自分を恥じた。

インガが保健センターの医師に電話すると、すぐ検査に来るようにと言われた。

「なんだろう」マーグヌスはインガにきいた。

「なんでもないことを祈りましょう」インガは答えた。

インガはマーグヌスを車で保健センターに連れていった。彼は病院が嫌いで、インガの仕事場をほとんど訪れたことがなく、ごくたまに彼女を迎えに行くときは、外の車で待つようにしていた。センターに向かう途中、彼の頭には前立腺ガンで亡くなった古い友人のことが浮かんだ。医師は診察の際、彼にいくつか質問した。診察が終わると、専門医を紹介するので受診するようにと言った。

「なんの病気でしょうか」マーグヌスはきいた。

医師は答えを避けた。

「できるだけ早く予約を取りましょう」そう言うと、医師は電話をかけるために診察室を出た。

マーグヌスは不安ですっかり弱々しくなり、インガに着替えを手伝ってもらわなければならなかった。彼女は彼の手を取って立ちあがらせた。

「心配しなくて大丈夫」彼女は言った。「先生はすぐに予約が取れるよう手を尽くしてくれるわ」

インガはマーグヌスのひたいの冷や汗を拭ってやり、彼が自分のもとに帰ってきたのを感じた。

家に帰ると、インガは庭に出た。マーグヌスはベッドに横になった。寝室の窓から陽の光がたっぷり射しこみ、空気は澄みわたって、ときどき空をよぎる好天の白い雲は、まるで空にペンキで描いたようだった。インガは出ていくときに窓を開けていったので、そよ風が暖かくやさしく吹き込んで、子どもたちの笑い声を運んできた。最高に輝かしい七月の一日だった。自分が夏に死ぬとは、マーグヌスは思っていなかった。

専門医の予約は二日後だった。マーグヌスは、頻繁にトイレに行っては尿に血が混じっていないか確かめ、痛みに襲われるとベッドに横になった。インガは彼をなぐさめようとした。

「よくなったら……」とマーグヌスは言いかけて、途中で言葉を切った。

「もちろん、よくなるわ」

「きみも知っているだろう。始まりはこんなふうなんだ」

「きっと深刻なものではないわ」

「こんなふうに始まるんだ」

専門医はマーグヌスを診察し、保健センターの医師と同じ質問をした。マーグヌスがひとりになるのをいやがったので、インガは診察に付き添った。

「出血は？」医師はたずねた。

「あります」

「頻度は？」

マーグヌスは答えた。医師はどんな痛みですかとたずね、つづいて検査をしましょうと言った。

マーグヌスは、なんの病気でしょうかと医師にきいた。医師は、なんとも言えませんが、心配しないようにと答えた。「検査の結果を待ちましょう」医師は言った。マーグヌスは医師が目を合わせようとしなかったように感じ、足に力が入らなくなった。

看護師が来て採血した。そのあと、マーグヌスは採尿容器を持ってトイレに行った。彼はインガに一緒に来てほしいと頼んだ。採ったものを提出するとき、結果はいつごろになるかとインガはきいた。

専門医は最優先で検査すると約束した。

「週が明けたらすぐに」と彼は言った。

翌日、インガは、マーグヌスが時間がなくて支払っていなかった請求書を探そうと彼のブリーフケースを開けて、不動産広告の載っているフランスの新聞を見つけた。彼は興味を持った物件に印をつけ、電話した不動産屋の名前と電話番号を余白にメモしていた。

インガはしばらく新聞を見つめた。マーグヌスがここまで進めていたとは夢にも思わなかった。庭の草むしりをしながら、どうすればいいか考えた。まだ陽は高かった。肩越しに振り返ると、寝室の窓に彼の顔が見えた。インガは手を振った。彼は片手を高く挙げ、手を振り返した。

ふたりは七時に夕食をとった。マーグヌスはあまり食欲がなかった。インガはブリーフケースにあった新聞を見たことを話し、どうすればいいかきいた。

「捨ててくれ」とマーグヌスは言った。

「ほんとうに？　読まないの？」

「ああ」

「それなら、明日リサイクルに出す束に入れておくわ」

マーグヌスは週末のあいだずっと神経をとがらせていた。インガは夏休みに入り、土曜に娘が訪ねてきた。マーグヌスはインガに、事態を子どもたちに知られたくないから、娘には風邪だと言ってくれと頼んだ。娘が来ているあいだ、彼はベッドから出なかった。インガは、マーグヌスは寝ていると言った。

日曜の朝、マーグヌスはインガよりも先に起きた。眠っている妻を見て、死ぬ前に妻を撮らないのは正しくないと考えた。最後の被写体は彼女であるべきだ。インガは今も美しく、歳月は彼女にやさしかったが、顔だちは鋭くなっていた。痛みがつかの間引いて、マーグヌスは、ともに過ごした年月がはっきりと見てとれるこの顔を写真に撮りたいという大きな欲望を感じた。時間が限られているのはわかっていた。痛みはいつ戻ってくるかわからなかった。

マーグヌスがなおも見つめていると、インガは目覚め、ほほえんだ。朝食後、ふたりは一緒に庭に出た。光は美しく、影も美しく、小鳥たちが歌っていた。彼は一時間ほど休まず彼女を撮影した。そして、スタジオに行った。

写真を現像すると、マーグヌスは戻ってきた。昼下がりで、彼は深い疲労を感じた。かつてなにかで読んだのだが、死の存在が感覚を研ぎすまし、人の目を新しい次元に開くという。こうしてインガの写真を見ていると、その事実を目撃しているようだった。写真をインガに渡すと、マーグヌスは感情がこみあげ、急いでベッドに向かった。

月曜日、マーグヌスは電話が鳴るのをひたすら待った。夕方五時になり、インガは、専門医がこれから電話をかけてくるとは思えないと言った。マーグヌスは悪い予兆だと信じ、怖れていたとおりの検査結果だったので専門医は電話する前に確認しようと再検査しているのだろうと想像した。

火曜の正午には、マーグヌスはもはや耐えきれなくなっていた。痛みはひどくなかったし、ここ数日は尿に血は混じっていないようだったが、それでも惨めな気持ちは少しも楽にならなかった。こちらから医師に電話しようかと考えたが、どうしても勇気が出なかった。インガは、なにかほかのことを考えたほうがいいと彼に言い、かわりにガレージに行って、必要なガーデニングの道具を取ってきてくれないかと頼んだ。

「きっと気分転換になるわ」とインガは言い、「予報では、今日は記録的な暑さになるみたいよ」とつけ加えた。

インガは、マーグヌスが駐車スペースを横切って、家の斜め向かいにあるガレージに向かうのを見守った。彼女は深い愛しさを感じた。それでも、彼の変化はいつまでもつづかないかもしれない、そうしたらどうなるのだろうと不安になった。フランスの新聞はいつでも買える。不動産屋に電話するのもいつでもできる。どうなるかわからない。

マーグヌスが庭で撮った写真に、インガはもう一度目をやった。気に入っていたが、できれば髪を整える時間がほしかった。この写真が、彼にとって大きな意味をもつことはわかっていた。そのことは、彼女もうれしく思った。

マーグヌスが出ていって五分もしないうちに、専門医から電話があった。最初、医師はマーグヌスにかわってほしいと言ったが、外出中だとインガが言うと、彼女に検査結果を伝えた。よい結果だったので、口ぶりは明るかった。

「マーグヌスさんの家族に、腎結石を患ったかたはいらっしゃいますか」医師は言った。

父親がかかったことがあるとインガは答えた。

「腎結石は遺伝する傾向があるんです」専門医は言った。「マーグヌスさんの場合、石が通過していたんです。かけらがね。深刻な症状ではないのですが、痛みが強く、ときに出血を伴います」

最後に、医師は腎臓に石が残っていないか、尿路を通過中のものがないか確認するために、エックス線検査を受けに来るようにと言った。

「夏休み明けでかまいません。急ぎませんから」医師は言った。

インガは窓辺に行き、ガレージのほうを見た。両手に道具を持ったマーグヌスを見つけると、インガはほほえんだ。彼はひどく憔悴し、憔悴して悲しげに見え、彼女を必要としていた。

マーグヌスは、家に入るとすぐに、専門医から電話はあったかときいた。予期していた質問だったが、インガは返事に詰まった。

「いいえ、なかったわ」

ふたりは早めに夕食をとった。太陽はまだ庭を照らし、夕方の光はラルティーグの写真のように暖かくやさしかった。インガは、ナナカマドの梢《こずえ》にある鳥の巣をマーグヌスに指さし、春に植えた花が、今、咲き誇っているのを教えた。

予報では天気が変わると言っていた。夜のあいだに風が強まり、雨が降りだした。朝、ふたりが目覚めると、庭には大きな水たまりができて、落ち葉に覆われていた。暦はまだ、八月にもなっていなかった。

八月

ヤーコプはカナリア諸島に行きたかった。これまで二度訪れたことがあり、二度とも彼は楽しかった。彼は旅行代理店でもらった広告をアイリスに見せた。写真には白いホテルが写っていて、建物と海岸のあいだには大きなプールがあった。その旅行代理店は新しく、ヤーコプは、そこを通して休みに海辺のリゾートに出かけた知り合いの男から、よかったと聞いていた。ヤーコプは、ホテルと旅行代理店のことをその知り合いと少し話し、あそこは商売が軌道に乗るまで他社よりお得な条件を出してくるはずだと意見が一致した。それに、料金はいずれ上がるだろうから、今が行くチャンスだという点でも、意見が一致した。

ヤーコプはアイリスに広告を見せ、その話をした。さらに、ホテルは人通りの多い場所から離れていることも言い添えた。写真には海岸はほんの少ししか写っていなかったが、いつもの休暇で慣れている混み具合よりも、人が少ないように感じられた。ホテルはわずか六階建てで、広告によれば、部屋は広く、海の見える部屋もまだ空きがあるということだった。海側の部屋は高かったが、差額は常識の範囲だった。ヤーコプは今すぐ旅行代理店に電話して、バルコニーのある眺めのよい部屋を予約したかったが、アイリスに決めさせたほうが賢明だとわかっていた。彼女がボスというわけではないが、二十年たった今では、どんな計画でも彼女抜きで進めないほうがいいことをヤーコプは知っていた。アイリスは彼よりも慎重で、それは彼も認めていた。彼女は広告の写真を見て、いくつか質問すると、話題を変えた。ヤーコプは驚かなかった。今年は海辺のリゾートにまた行くよりも、美術館めぐりをしたいようなことを、以前、彼女は言っていたからだ。彼女は冬のあいだ考古学の講義を受講していて、まっ先に頭に浮かぶのが「文化」だった。一方のヤーコプは、太陽と暑さと海がまっ先に頭に浮かんだ。彼はここ数カ月、ひときわきつい仕事がつづいて、休息が必要だった。彼は大工で、共同で経営している会社は、この一年、たくさんの仕事を請け負った――アイリスに言わせれば、請け負いすぎだった。けれども、結果的にはすべてうまくいって、納期にも間に合った。ただ、プレッシャーは半端ではなかった。アイリスは公務員で、いくらか気楽だった。

いつものように、ふたりは妥協した。実際には、アイリスの提案にヤーコプが同意した。彼の頭のなかはすでにカナリア諸島の夢で――海辺、砂浜を見下ろすバルコニー、プール、海、空――いっぱいだったのだが。アイリスは、彼が黙って従わざるをえないような言いかたで、言いたいことを主張した。そんなところで予約したらろくなことにならないと彼女が言いだす前に、笑顔で従ったほうが得策だと彼は考えた。もちろん、追いつめられても切り抜ける方法はあったかもしれないが、危険を冒したいとは思わなかった。彼は昔からずっと、うそをつくのが嫌いだった。

アイリスはスロベニアに行こうと言った。彼女は講義の課題を仕上げ、インターネットで調べ、図書館で本を借り、去年スロベニアに行った同僚の女性に話を聞き、新しい旅行代理店に電話して（さぞ立派な会社だろう、とヤーコプは思った）、電話に出た男を質問攻めにした。だれもが楽園だと言っている、と彼女は言った。彼女が目をつけたホテルはブレッド湖に面していて、泳いだり、ボート遊びや釣りをしたりしてもいいし、ただ湖畔に寝そべって太陽と新鮮な空気をたっぷり楽しむこともできた。彼女は、ヨーロッパのなかで、アルプスの南ほど空気が健康によいところはないと書かれた記事を引き合いに出した。さらに彼女は、そのホテルはチトーの夏の別荘で、旅行代理店の男性の一番のおすすめだと言った。歴史的な建物で、内装は国家元首だったチトーが滞在して国際問題を熟考したときから手を加えられていないという。ヤーコプが、費用は気にするな、と言ったのは想像に難くない。

そして最後に、アイリスは彼女の話が始まったときからヤーコプが怖れていたことを言った。「それに、あれからずいぶんたったから、もう一度行ってみるのは、あなたもおもしろいんじゃないかしら」

ヤーコプは、二十歳のときに旧ユーゴスラビアでひと冬を過ごした。彼は高校三年で工業専門学校に編入したので、最終的な卒業が同い年の仲間より遅くなった。それでも、いわゆる高等教育に向いていないのは昔からわかっていたので、自分の決断を悔いたことはなかった。彼は手先が器用で、同じく大工で組合長だった父の下で仕事を始めた。彼にユーゴの仕事を見つけてきたのは父だった。父は組合を通じてコネがあり、会合で一度、夏休みで二度、ユーゴを訪れていた。ユーゴスラビアは模範的な国だと父は言い、チトーを尊敬していた。

そのころ、ヤーコプはすでにアイリスと交際しはじめていたが、仕事を引き受けた。ふたりは高校で出会い、ヤーコプが専門学校に移ったときに別れた。そして、同期の仲間が高校を卒業するときに、共通の友人のパーティで再会した。ヤーコプは、卒業式用の角帽をかぶったアイリスの美しさに打たれ、それから数日はほかのことをほとんど考えられなかった。アイリスはずっと彼のことが好きで、ハンサムだと思っていたから、ヤーコプは難なく彼女の気を引けた。ふたりの名前がセットで語られるようになるまで時間はかからなかった。パーティに招かれると、友人たちからは「ヤーコプとアイリス」「アイリスとヤーコプ」と二人一組で呼ばれ、まるで昔からずっとそうで、もはやふたりは別々の存在ではないかのようだった。

友人たちのなかには外国に留学する者もいて、ヤーコプの父は、息子は恋をしているし、自分の仕事に満足してはいるが、友人たちが世の中に出ていくのを見て、もの足りなく感じてはいないかと案じた。ヤーコプの父は、みずからの経験から、そういう思いはあとになってやっかいなことになりがちなのを知っていた。その年の秋には、ヤーコプのためにリュブリャナに仕事を見つけてやった。ヤーコプはよろこび、アイリスは彼がいなくてさびしくなるのはもちろんわかっていたが、計画には反対しなかった。彼女は彼を車で空港に送っていって、さよならを言う前に長い抱擁を交わした。それから数カ月、彼女は町へ帰るまで泣きつづけたが、家に帰るころには多少落ち着きを取り戻した。彼女は仕事に集中し、すべてのエネルギーを水泳に注いだ。

ヤーコプはリュブリャナを楽しんだ。やることはたくさんあったし、冬の訪れは故郷アイスランドよりも遅かった。週末には、ときどき現場監督の車を借りて、アドリア海までドライブした。ひとりで行くこともあれば、同僚と行くこともあった。夜は、サッカーをしたり、バーで軽くビールを飲んだりした。読書も少しした。アイリスには毎週手紙を書いた。彼女からは、さらにたくさん手紙が来た。

　目新しさがしだいに薄れると、彼はさびしくなった。気候は寒くなり、海辺に出かけることはなくなった。彼は同僚の仕事ぶりがいいかげんだと思ったが、文句を言える立場ではなかった。同僚たちのなかには、彼が完璧すぎると苦々しく思う者もいた。表だって対立することはなかったが、彼は同僚の態度に変化を感じた。サッカーに呼ばれることもしだいになくなり、バーに行くこともめったになくなった。彼はアイスランドが恋しかった。

　アンナと出会ったのは十二月だった。彼女は、彼がときどき週末に朝食を食べに行く町なかの小さなホテルで働いていた。冬は比較的客が少なかったので、ふたりは言葉を交わす機会があった。アンナは快活で人なつこく、どこかアイリスに似ているように感じられ、ヤーコプは彼女を映画に誘った。映画館の前で待ち合わせたときは土砂降りの雨だったが、映画が終わるころにはやんでいた。ふたりは彼が住む通りのカフェでビールを飲み、一夜をともにした。

　そうなるとは思っていなかったヤーコプは、翌日、罪悪感に苦しんだ。けれども、その苦しみは長つづきしなかった。気づいたときには、ほとんどの夜をアンナと過ごすようになっていた。アンナはよく笑い、陽気でおおらかで、ヤーコプは彼女が隣にいるとよく眠れたし、いないとさびしかった。彼の枕には彼女の髪の香りが染みついた。アイリスの髪の香りと同じだった。その事実は、不思議なことに、彼の罪悪感を軽くした。

　ヤーコプとアイリスは、クリスマスになったら彼女が会いに来る計画を立てていた。けれどもヤーコプは、今となっては来てほしくなかったので、かわりにベネチアで会おうと提案した。ふたりはベネチアで楽しい時を過ごし、のちにいろいろ大変だったころ、アイリスはよく、あの旅の思い出が心の支えだと言った。アイリスはずっとヤーコプのことが好きだったが、その感情が愛に深まったのは、ベネチアに行ってからだった。

ヤーコプはアイリスを車で空港に送り、ふたりは秋よりもさらに大きな悲しみをのどに詰まらせて別れた。彼はリュブリャナに戻ると、アンナとの関係を終わらせると心に誓った。当然ながら、これまでアンナにはアイリスのことを話していなかったが、きちんと話そうと決心した。過ちを説明し、許しを乞おう。彼は部屋の鏡の前で練習し、暗いところのほうが話しやすいだろうと考えて、アンナを映画に誘った。彼は映画の始まる二十分前に映画館に着き、外の舗道で待った。不安で落ち着かず、彼女が角を曲がってやってくるのを見たとたん、この子を傷つけることはできないと思った。彼に気づくと、彼女の顔は大きな笑みで輝き、彼の腕に走って飛びこんだ。その夜、ふたりはともに過ごし、月の光が彼の部屋の窓から射しこんだ。

春の訪れは早かった。町では桜が咲いて、山からは川が流れた。ヤーコプはもともと春になったら帰国する予定で、それを楽しみにしていた。外国でひと冬過ごしたのは後悔していなかったが、故国を離れて過ごした時間のおかげで、かえって自分の根っこのありかを確かめられたと感じていた。あいかわらずアンナとはつきあっていたが、彼はともに過ごす時間を減らすよう努力していた。計画は成功しつつあり、それは彼の行動の結果というよりも、彼女の周囲のできごとによるところが大きかった。三月初めにブレッド湖の近くに住む祖母が病気になり、アンナは看病をしなければならず、週末しか町にいられなかった。彼女の一族はつながりが強いようで、両親は祖母の近くに住み、姉も近所にいた。アンナはブレッド湖に来るようたびたびヤーコプを誘ったが、彼はなんとか逃れた。「わたしの家族に会いたくないの？」とアンナは言った。彼はその言いかたが引っかかった。将来に対する考えかたが、彼女と自分では大きく違っているらしいことに気づいた。

ヤーコプは帰国することをアンナに言わず、さよならを言う勇気もなかった。彼はある火曜日に出発した。アンナと週末をともに過ごし、月曜の朝にバス停まで送ると、すぐに彼は出発の準備にとりかかった。冬のあいだに増えた荷物はほとんどなかったので、荷造りに時間はかからなかった。彼はアンナに手紙を書き、彼女が手紙を理由に彼を責めることにならないよう細心の注意を払った。手紙には愛を示す言葉はいっさいなく、ただ彼女と知り合えたことへの感謝だけが書かれていた。読み返してみると、彼は自分が恥ずかしくなり、ゴミ箱に投げ捨てた。

ヤーコプはアンナの写真を二枚持っていた。一枚は彼女がひとりで写っていて、もう一枚は彼と写っていた。彼は片方の腕で彼女を抱きよせ、ふたりともカメラに向かって笑っていた。背景には桜の木があった。しばらく考えてから、その写真は捨て、もう一枚は持って帰った。

アイスランドに戻ると、ヤーコプは心配になった。リュブリャナで借りていた部屋の大家の女性にアイスランドの住所を伝えてあったから、大家から手紙が来るかもしれないし、その住所をアンナに教えるのではないかと怖かった。さらには、アンナが探しに来るかもしれないと思い、最初の数週間は気が気でなかった。けれどもその不安はやがて消え、夏にはアイリスと婚約し、アンナのことはほとんど考えなくなった。たまに心がさまよって彼女のことを思うと、罪悪感を感じた。彼はつとめて彼女のことを考えないようにした。

アンナからは一度も連絡はなかった。やがて娘が生まれ、母の名をとって洗礼名をアンナにしたいとアイリスが言ったときも、ヤーコプはなにも言わず同意した。息子が生まれ、一家は湾を見下ろす新しいアパートに引っ越した。引っ越しのときに彼はアンナの写真を見つけたが、捨てずに古ノルド語の詩の本に隠した。その本はアイリスの祖父母から結婚祝いとして贈られたものだった。

子どもたちは今では二十歳に近くなり、もう両親と一緒に旅行したがらなかったので、アイリスはかわりに友人のフィリップとヒラリーに一緒に行こうと声をかけてみないかと言った。ヒラリーは有名な遺伝子関係の企業で働いていて、フィリップとともにイギリスから来て以来、アイリスの一番の友だちだった。ヤーコプとフィリップも気が合った。飛行機のなかで、ヒラリーはヤーコプに、ユーゴスラビアにいたときの一番の思い出はなにかときいた。ヤーコプは大昔のことだから、これというのは思い出せないと答えた。さらに彼は、リュブリャナに住んでいた冬、ブレッド湖に行ってみたいとよく思ったが、結局行かなかったと言った。「働きづめだったからね」と彼は言った。

ホテルは壮麗で、壁は白い大理石で造られ、チトーと賓客の実物大の彫像と、無数の写真が飾られていた。アイリスは、ハイエ・セラシエ、フルシチョフ、ネルー、日本の昭和天皇、北朝鮮の金日成を見つけた。調度は一九五〇年代のもので、アイリスとヒラリーは、すべてが——彼女たちの言葉を借りれば——正統派だといって感激した。客室は湖に面していて、アイリスは荷物をほどくより先に窓を開けた。湖にはボートが浮かび、ヤーコプは窓から体を乗りだして眺めた。家具は不細工だし、さっき座った窓辺の椅子は居心地が悪いと彼は思ったが、ホテルとまわりの環境をほめたたえるアイリスには逆らわないことにした。

「このあたりには木が百種類以上生えてるわね、きっと」アイリスは言った。

彼らはテラスで昼食をとり、アイリスはみんなで湖のまわりを散歩しようと言った。ヤーコプはなにより湖畔のラウンジチェアに寝そべって冷たいビールを飲みたかったが、ひとまず一緒に行くことにした。到着してからずっと、働くことを悪しざまに言われて、彼は落ち着かなかった。かつて彼の父は、働きすぎて長期の休職を余儀なくされたことがあった。当時、十代だったヤーコプは、来る日も来る日もベッドに横たわる父に違和感を感じた。

たっぷり散歩したので、夜になると、ヤーコプは疲れてほかの三人よりも先に就寝した。マットレスが硬すぎて、よく眠れなかった。

翌日は自転車で付近を散策し、三日目はボートで湖に出ることになった。アイリスとヒラリーとフィリップは、十時には出かける準備ができたが、ヤーコプは体を休めたいと言った。「そのほうがいいかもしれないわ」アイリスはヒラリーとフィリップに言った。「このところ仕事を抱えこみすぎていたから」

ヤーコプは湖畔のラウンジチェアにゆったりともたれた。ホテルのスタッフが彼のために椅子に白いタオルを敷き、フルーツジュースをお持ちしましょうかとたずねた。ヤーコプはそうしてくれと言い、ジュースを飲むと、ラウンジチェアでまどろんだ。そよ風が庭園の木の葉を揺すり、葉の触れあう音が緊張をほぐした。彼は先ほどまでアイリスとヒラリーとフィリップがボートを漕いで岸から遠ざかるのを眺めていたが、少し前に見失った。三人は湖の向こう岸のレストランで食事をする予定で、帰りは遅くなるはずだった。

一時になると、腹が減った。湖畔にはいくつかテーブルがあり、ホテルのスタッフが給仕をしていた。そのなかのひとりが彼を席に案内し、パラソルを広げて、メニューを手渡した。ヤーコプはサングラスをはずしたが、水面の反射が強烈で、またかけなおした。彼は遠くにいるウェイトレスを見て、こちらに来るのを待った。

彼女がテーブルにやってきたとき、ヤーコプは湖の沖を眺めていたので、声をかけられるまで気づかなかった。彼は顔を上げ、すぐにまたメニューに顔を埋めた。まだメニューをよく見ていなかったので、最初に目についたオムレツとサラダをあわてて注文した。お飲みものはどうなさいますか、とウェイトレスはきいた。ビールを、と彼は言った。彼は目を伏せたままウェイトレスにメニューを渡した。ウェイトレスがホテルへ戻りはじめるまで、顔を上げる勇気がなかった。

ヤーコプは自信がなかった。もう二十年以上前のことだ。アンナの写真は何年も見ていなかったので記憶が頼りだったし、このごろでは記憶力そのものが怪しかった。「彼女のはずはない」と彼は自分に言いきかせた。こんな偶然は映画のなかだけだ。

ヤーコプは、ホテルからの通路をトレイを持ってやってくる彼女を目の端で追った。歳はちょうどそのくらいで、顔も見覚えがあり、歩きかたにも見覚えがあった。彼は二十年前のアンナの姿を思い出そうとしたが、できなかった。記憶のなかの彼女は、そのウェイトレスそっくりだった。

彼女がテーブルにオムレツとビールを置いたときも、彼は目を合わせないようにして、つい、声を変えて礼を言った。あとになっておかしなふるまいだったと気づき、愚かさを恥じた。ビールを飲むとほっとして、グラスが空になるころには、すべて思い過ごしだと自分に言いきかせ、今度彼女が来たら普通の人間らしくふるまおうと決めた。湖の沖にはヨットがいた。風はやみ、ヨットは動かなかった。それでも、風が凪いで停まっているヨットを眺めているのは楽しかったし、ふと気づくと、ここしばらくなかったほど心が落ち着いていた。

テーブルの皿を下げに来た彼女に、ヤーコプはビールをもう一杯注文した。彼は心を決め、顔を上げてほほえんだが、目が合ったとたんに、笑みは消えた。彼女は彼に気づいたにちがいない。あの楽しげで正直な光は消えていたものの、彼女の目を見て、彼は確信した。彼はふたたび顔を伏せ、彼女がなにか言うのを待った。彼は彼女に観察されているような気がした。彼女はオムレツとナイフとフォークと空のビールグラスが載っている皿に、小皿を載せた。急ぐようすはなかった。動きはあわてず確実で、リュブリャナのホテルで最初に彼に給仕したときと変わりなかった。

その晩、ヤーコプが黙りこんでいると、大丈夫かとアイリスが声をかけた。彼らはテラスで夕食をとり、アイリスとフィリップとヒラリーは、湖で過ごした一日の話をした。とても楽しい小旅行で、昼食をとったレストランは本当においしかったと三人はうなずきあった。ただフィリップは、ヤーコプがいなくて残念だったと何度も言った。三人はボートで湖に浮かぶ島へ向かい、上陸してきた。島には古い教会があり、訪れた人は、鐘を鳴らすといいことがあるという話だった。行列ができていたが、みんなで並んで鳴らしてきた。

「わたしは二度鳴らしたの」アイリスは言った。「一度はわたしの分、もう一度はあなたの分」

ヤーコプは礼を言った。注意して見ていたが、あのウェイトレスの姿はどこにもなかった。サラダと魚料理を食べているとき、アイリスはガイドブックの説明を思い出し、このホテルは健康を意識した料理で有名だとほめてあったと言った。ヤーコプはハンバーガーでかまわなかったが、その手のものはメニューになかった。彼らは夕暮れの湖に目をやり、暗くなると、向こう岸のあかりを眺めた。いつもなら完璧なバカンスの夕べだと感じられたはずだが、ヤーコプは楽しめない自分に動揺した。彼はほとんど口をきかず、話も半分しか耳に入らなかった。一方のフィリップは、小旅行のあとで絶好調で、いつになくよくしゃべった。あとになってみると、ヤーコプは会話がどうして病気の話になったのか思い出せなかったし、その話にあんなに動揺したのは奇妙だと思った。その話を始めたのはフィリップで、同じ年代の人が何人も亡くなっていると言った。

「この二カ月でふたつも葬式があった」フィリップは言った。「ひとりはガンで、もうひとりは心臓発作。どちらも働き盛りの男だよ」

「一緒に働いている女性に、ひとり深刻な病気の人がいるのよ」ヒラリーが言った。「子どもが三人いるのに」

アイリスは、去年のクリスマスにいとこが四十八歳で亡くなったと言った。

「いやはや」彼らは言った。

一行はようやく席を立ち、ヤーコプはほっとした。ベッドに入ると、彼の考えはさまよって、カナリア諸島のことを考えた。いつ行っても、あそこは楽しかった。

翌日、ヤーコプはみんなと一緒に山へ出かけ、夕食はホテル以外のところで食べないかと提案した。みな同意した。夕食の席ではヤーコプは元気で、アイリスはほっとした。ヤーコプは食事と一緒に赤ワインを軽く飲み、外に出て蒸し暑い夕暮れのなかを歩くころには、あのウェイトレスはアンナのはずがないと自分に言いきかせた。その夜はよく眠れたし、つぎの日はフィリップとゴルフを一ラウンド回った。その晩、彼らはホテルで夕食をとった。ヤーコプとフィリップは、湖畔で一杯飲みながら、妻たちが身じたくを調えるのを待った。席に着いたとき、ヤーコプはいい気分だった。例のウェイトレスがテーブルに近づいてくると、彼は少々ぎくりとしたが、だれも気づかなかった。

おとといは、彼女は髪を下ろしていたが、今日はうしろで丸くまとめていた。アイリスは料理について質問し、それに答える彼女をヤーコプはしげしげと見た。彼女の声に耳を澄ませ、アンナの声の響きを思い出そうとした。しかし、思い出せなかった。もう一度、心のなかにアンナの姿を思い起こそうとしたが、やはりうまくいかなかった。

みんなが注文するあいだ、彼は平静を保ったが、ウェイトレスが彼にはそっけないような気がして、視線に居心地の悪さを感じた。さっき妻たちを待っているときにフィリップとジントニックを飲んだが、今また、もう一杯飲むことにした。フィリップはヤーコプとのゴルフの楽しかったあれこれを語り、コースのすばらしさを讃えた。湖に近い歴史のある村を訪れたアイリスとヒラリーも、その日のできごとについてたくさん話すことがあった。アイリスが若いころの思い出を話しはじめたとき、ウェイトレスが前菜を運んできた。

「ヤーコプ、みんなでリュブリャナに行きましょうよ」アイリスが言った。「せっかくここまで来たんだもの。ねえ、楽しいと思わない？」

ウェイトレスはヒラリーの前のテーブルに前菜を置いた。

「たいして見るものなんてないぞ」ヤーコプは言った。

「わたしたちふたりだけでもかまわないわ。もし、おふたりに興味がなかったら」アイリスはフィリップとヒラリーに言った。「わたし、リュブリャナに行ったことがないのよ。ヤーコプとはベネチアで会ったから」

「ベネチアなんて、ロマンチックね」とヒラリー。「でも、わたしたち、よろこんでご一緒するわ。ねえ、フィリップ」

「ああ、もちろんさ」

ヤーコプはスープを注文していた。ウェイトレスがスープ皿を置こうとしたとき、手がわずかに滑った。スープが数滴、テーブルとヤーコプのひざに広げたナプキンにこぼれた。ウェイトレスは謝った。ヤーコプは、なにかの合図だと受け取った。

フィリップもスープを注文していた。ウェイトレスはスープ皿の脇の皿にパンを置いたが、ヤーコプにはパンを置き忘れた。フィリップはそれに気づいた。

「最初はスープをこぼして、今度はパンを忘れられて、いったいきみは、彼女になにかしたのかい?」

フィリップは笑い、女たちも一緒になって笑った。ヤーコプは笑みを浮かべようと苦しい努力をした。

彼らはチトーと冷戦について語り、そこから核兵器の話になった。フィリップは最近、核兵器に関する記事を読んでいた。アメリカとロシアが、近年何基のミサイルを廃棄したか、何基残っているか、正確に知っていた。ロシアの管理はずさんだから、いずれ盗まれるだろうと予言した。「いつ起きても不思議はない。そうなったら大変なことになる」

アイリスとフィリップはメインに鱒を注文し、ヤーコプとヒラリーは仔牛を注文した。肉には、きのことポロネギとグレイビーが添えられていた。ヤーコプは肉の味がおかしいと思った。

ヤーコプは夜中の三時に腹が痛くなって目覚めた。また眠ろうとしたが、痛みはひどくなり、ついにトイレに行くはめになった。嘔吐していると、アイリスが来て看病してくれた。アイリスはタオルを濡らして彼のひたいを拭い、原因に心当たりはあるかとたずねた。ヤーコプはある疑いを抱いたが、口には出さなかった。ベッドに戻ると、アイリスはまた眠ったが、彼は目覚めたままじっとしていた。五時にまたトイレに行った。そして七時にもまた行った。そして、ぐったりして腹痛に耐えながら、正午まで眠った。

目覚めると、枕元のテーブルにメモがあった。「起きたら携帯に電話して」と書かれていた。ヤーコプは電話をかけ、ヒラリーかフィリップの具合は悪くないかとアイリスにたずねた。フィリップは彼と同じスープを食べ、ヒラリーは仔牛を食べていた。アイリスは、ふたりとも元気いっぱいだと言った。午前中は散歩に行って、今は湖で泳いでいる、と。

「そうか」とヤーコプ。

「あなたの具合はどう?」アイリスはたずねた。

「クソみたいだ」

アイリスは笑った。「少なくとも、ユーモアのセンスは戻ったみたいね」

冗談で言ったわけではなかったが、ヤーコプは放っておいた。

ヤーコプは高熱が出て、考えがさまようのを止められなかった。今ではあのウェイトレスはアンナだと確信していた。彼女が肉料理になにか入れたのではないかと彼は疑っていた。それでも、つきあっていたころの彼女の面ざしをどうしても思い出せず、気になってしかたなかった。古ノルド語の詩の本に隠した写真のことを思い、四時には、その写真を手に入れなければと決心した。彼らはあと一週間このホテルに滞在する予定で、こんなあやふやな状態でいるのは、彼にはとても耐えられなかった。それでも、思いは行ったり来たりして、彼女に毒を盛られたと考えるなんて自分はどうかしていると考え、あの女性にずばり名前をたずねればいいだけだと自分に言いきかせた。

けれども、それができないのはわかっていたし、ホテルのほかのスタッフにきけるとも思えなかった。ばかげているし、うわさが広まって、彼女も知ることになるだろう。彼は転がるようにベッドから出ると、窓辺に行って窓を開けた。頭がふらついて、集中して考えるのは難しかった。けれども、突然、決心が固まり、彼の家の鍵を持っている兄に電話して、写真を取りだして速達で送ってほしいと頼んだ。兄には、絶対に子どもたちのいないときにやってほしい、事情を知られてはまずいからと念を押した。兄は、なにがあったんだときいた。だれの写真だ、なぜ突然必要になったんだ、と言った。

「あとで話す」ヤーコプは言った。「今日の夜までに投函してもらいたいんだ」

「おまえ、大丈夫か?」兄はきいた。

「いや」ヤーコプは答えた。「大丈夫じゃない」

ヤーコプは食欲がなく、アイリスは今晩は付き添ったほうがいいかと言った。ヤーコプは彼女の言葉に耳を貸さず、寝ていれば大丈夫だからと言った。アイリスが出かけると、ヤーコプは兄に電話して写真を送ってくれたかと確認した。兄は送ったと言った。もう投函したから、二、三日でヤーコプの手元に届くはずだ。

「安くなかったぞ」兄は言った。

「いいんだよ」ヤーコプは言った。

翌日、ヤーコプはベッドを出たが、調子に乗りすぎないよう気をつけた。朝食はトーストと紅茶にした。四人は、午前中は湖のまわりを散歩し、ホテルにほど近い村で昼食をとった。午後は湖畔のラウンジチェアに寝転がって過ごした。夜は外に夕食を食べに出かけた。フィリップは、死や破壊といった話題を持ちださず、ヤーコプはほっとした。

ヤーコプは、写真の入った封筒が届く日は、アイリスとフィリップとヒラリーを小旅行に行くように仕向けて、自分はホテルに残ろうと考えた。彼は、山の村へ出かけてはどうかと提案するつもりだった。アイリスはその村のことを本で読んでいたし、フィリップとヒラリーは、アイリスの語る村の歴史を興味深そうに聞いていたからだ。彼自身は体を休める必要があった。ベッドに入ったヤーコプは、この作戦はうまくいくと確信した。計画どおりに進めば、彼が正しかったことが証明されるはずだ。

夜中の二時、ヤーコプは具合がひどく悪くなって目覚め、それから夜どおし嘔吐した。アイリスは医者を呼ぶことにした。医者はすぐにやってきて、ヤーコプをすみずみまで診察すると、静かに寝ているようにと言った。原因はわからないが、おそらくウィルスか食べものの毒に当たったのだろうと言った。

「毒って、いったいなんですか」ヤーコプはきいた。「きのうは具合がよかったんです。何度もぶり返すなんて、いったいなんの毒ですか」

「おそらくウィルスでしょう」と医者は言い、部屋を出た。

アイリスは医者を送っていった。ヤーコプはトイレに行って吐いた。ベッドに戻る途中、開いた窓辺にたたずんだ。人の声が、やわらかな笑い声が、食器が触れあう音が聞こえた。彼は外を見た。テラスでは、ホテルのスタッフが昼食の準備中で、テーブルを整え、パラソルを開き、ほうきで掃いていた。彼はすぐに例のウェイトレスを見つけた。彼女は両腕いっぱいに白いテーブルクロスとナプキンを抱えていた。

「ナターリャ」仲間のウェイトレスが呼びかけた。「こっちにちょうだい」

例のウェイトレスは顔を上げ、呼びかけた仲間のところに行って、テーブルクロスを一枚と、ナプキンを何枚か渡した。ふたりは言葉を交わし、笑いあって、ふたたび仕事に戻った。ナターリャか……。

ヤーコプはベッドに戻った。アイリスが帰ってきた。

「明日にはよくなるだろうって、お医者さんが言ってたわ。ゆっくり休めば大丈夫よ」

「きみは出かけろよ。せっかくの一日を無駄にさせたくない」

けれども、アイリスは聞かなかった。ヤーコプは心も体も消耗して眠りに落ちた。

郵便は正午すぎに届いた。ドアにノックがあり、アイリスが応じた。ヤーコプは眠っていたが、寝返りを打って、目を開いた。けれども、ドアのところにいるアイリスが目に入ると、すぐに目を閉じた。

「俺はいったいなにを考えていたんだ」ヤーコプは自問した。「いったいどういうつもりだったんだ」

アイリスは封筒を開けず、彼を起こすこともなかった。彼女は封筒を窓辺の丸いテーブルに置いた。ヤーコプは長いあいだじっと横になって眠ったふりをしながら、手紙をどう説明しようかと頭を悩ませた。アイリスはベッドの横に座ったり、部屋を歩きまわったりした。ときどき窓辺に行って、外の輝く陽光を眺めた。彼女がこちらを見ていないすきに、ヤーコプは薄目を開けた。あるとき、彼女がテーブルのそばに立って、封筒をしげしげと見ているのが目に入った。ヤーコプ・クリスチャンソン様、と封筒には書かれていた。差出人は、クリスチャン・クリスチャンソン。アイリスは封筒を手に取り、なにか考えがあるように指で触れてから、テーブルに戻した。

ヤーコプは、写真のしかるべき説明を思いつけず、アイリスに下でオレンジジュースを買ってくるよう頼もうかと考えた。そのあいだに封筒を開けて、写真のかわりにほかのものを入れよう。けれども、ほんのわずかでももっともらしく見えるものはなにもなく、彼はすぐにその考えを捨てて、自分には人をだます才能がないことを認めた。

体を少し起こすと、封筒が陽の光に輝いているのが見えた。

「具合はどう?」アイリスが声をかけた。

胃はだいぶ回復していたが、「よくない」という答えは、うそではなかった。

ヤーコプは慎重に、封筒に気づかないふりをした。アイリスも最初は黙っていた。彼は浴室に行って、水で顔を洗い、歯を磨いた。まだ日焼けは残っていたが、目の下にはくまがあり、ほほはこけ、くちびるは乾いていた。

浴室から出ると、アイリスは窓辺に立っていた。なにかしてほしいことはあるかと彼女はきいた。

「いいや」と彼は言って、這うようにベッドに戻った。「出かけておいでよ。俺は寝ていればよくなりそうだし」

「あなたが寝ているあいだに、手紙が来たわよ」アイリスは言った。

「へえ」

「お兄さんから。なにかしら?」

「大事なものではないだろう。フィリップとヒラリーはなにしてるんだい?」

「湖畔でのんびりしてるわ」

「きみもここにずっといないで、外に出て一緒にのんびりしてくるといい」

「この手紙の件で、お兄さんから連絡はなかったの?」

ヤーコプは目を閉じた。カナリア諸島へ行くべきだった。自分はそうしたい、また来年べつの場所に行こう、とアイリスに言うべきだった。今回は妥協すべきではなかった。

ヤーコプはアイリスにすべてを話した。ところどころつじつまが合わなかったが、彼が話しているあいだ、彼女は黙っていた。ヤーコプは彼女になにか言ってほしかったし、ときどき話を中断してその機会を作ったが、うまくいかなかった。さらには、毒を盛られたと疑った話をして、同情を引こうとしたが、それも失敗し、沈黙が彼の言葉を飲みこんだ。

ヤーコプは、話しているうちに自分の人生がばらばらになるのがわかった。アイリスのことはよくわかっていたから、彼女の考えが読めたし、「全部砂の上の幻だったのね」と心のなかでつぶやいているのが聞こえた。彼は話の途中で急に黙りこみ、それ以上つづけられなかった。

なにもかもだめになった。ベネチア旅行の思い出まで台無しになった。これまでの歳月、彼らの家にはアンナがずっと住んでいたとアイリスは思うだろう。祖父母から結婚祝いに贈られた古ノルド語の詩の本のなかに、さらに問題なのは、ヤーコプの心のなかに。アイリスが口から出さない言葉に、ヤーコプは今にも応じそうになり、「写真のことはすっかり忘れていたんだ、最後に見たのはもう大昔のことなんだ」と言いそうになったが、黙っているだけの分別はあった。「いつからなの」と彼女に言われているような気がした。「最後に写真を見たのはいつなの」

アイリスはベッドの足元に立ち、話す彼をじっと見ていた。ヤーコプは彼女の視線を避け、上の天井か、横のほうをひたすら見ていた。黙りこんだ彼は深呼吸をしてひたいを拭い、勇気を振りしぼってアイリスを見た。

片手を腰に当て、アイリスは彼をじっくり見つめた。ようやく口を開いた彼女の声からは、深く考えこんでいることが伝わってきた。

「速達なんて」彼女は言った。「いったいいくらかかったの？」

ヤーコプはなんと言えばいいかわからず、アイリスは彼の答えを待たなかった。

「あなた、ほんとうによく休んだほうがいいみたいね。このウィルスはあきらかに思っていたよりたちが悪いようだわ」

アイリスはタオルを濡らしてヤーコプのひたいにのせた。彼はじっと横たわり、静かな午後に休みなく響きわたる教会の鐘のこだまに耳を澄ませた。

九月

エッダが留学するとき、母は戒めた。別れを惜しんで出国審査の前にたたずんでいるときに、母は声をひそめてこう言った。「いいわね、エッダ。絶対にアメリカ人と恋愛しちゃだめよ。なにがあっても、アメリカ人だけはやめておきなさい」

母が娘を諭すのは、めったにないことだった。実際、その必要はまったくなかった。エッダはずっといい子だったし、勤勉で落ち着いていた。母の言葉は意外だった。エッダはなにも答えず母のほうを向き、聞き違いではないかと確かめるように母を見つめた。そこで母は説明した。「かならず悲惨な終わりかたをするから。わたしの従妹のスヴァナがどうなったか、覚えているでしょう?」

母娘はもう一度、より一層愛情をこめて別れを告げ、エッダは出国審査を受けているあいだ、振り返ってほほえんだ。母はあいかわらず同じ場所に立ったままで、娘に手を振って笑顔を返そうとしたが、その顔に浮かんだ不安は、戒めとともにエッダの記憶からいつまでも消えなかった。

あれは十年前の美しい秋の日のことだった。もしかしたら、日付も同じかもしれない。エッダが秋のことを考えたのは、日中は残暑がつづき、木々は葉をたっぷり茂らせていたものの、九月がまた巡ってきたからだ。いつもなら、彼女はこんな九月の一日を楽しみ、仕事帰りにセントラルパークに寄って、貯水池のまわりを散歩したり、木陰のベンチに座って雑誌や本を開き、小鳥の声や午後の街の音に耳を澄ませたりして過ごした。今だって、問題がなければそうしていただろう。ひょっとしたら、途中で果物とサンドウィッチを買い、マークに電話して一緒に行かないかと誘ったかもしれない。彼は時間があるかもしれないし、ないかもしれない。いずれにしても、彼女は公園で過ごす時間を楽しみ、日が暮れるまで家に帰らなかっただろう。

けれども、エッダはこのごろ心のゆとりがなく、ベンチに座って小鳥の歌を聞いていられなかった。マークとの結婚は細い糸一本でつながっていた。友人のカトリンには——彼女はアイスランド大使館の文化担当書記官と結婚していた——どう見ても終止符を打つのが一番の解決法だと言われていた。エッダはかなり前から、ふたりの結婚にはほとんどなにも残っていないとわかっていたが、ようやく今、その事実に向き合った。もともと辛抱強くて慎重な彼女は、みんなのしあわせを重んじ、だれかが苦しむのは見たくなかった。だからこそ、長年マークに我慢できたのかもしれない。ときどき、そもそも彼を愛したことがあったのかと思うことさえあった。そう考えると胸が痛み、彼に言いくるめられて結婚した自分を責めた。彼の求愛が一途だったのはたしかだが、彼が自分を愛してくれる女性と——彼にも愛される権利はあるのだから——出会っていたら、彼はもっといい人生を送れたはずだとエッダは信じていた。彼女は愛していなかった。少なくとも、今は愛していなかった。マークは変わったと彼女は感じていた。自信にひびが入っていた。その自信という資質が、おそらく初めのうちは彼女をもっとも惹きつけたのだろう。彼はいつも自信満々で、疑念はいっさい寄せつけず、自分の行く手を邪魔するものはないという態度をとっていた。すべてがうまくいっていたときは、彼の過剰な自信には裏づけがあるのだと、彼女は自分に信じこませていた。

　エッダはまじめで少々古風だったので、マークとの関係にセックスが影を落としているとは認めたくなかった。信仰の篤い両親に育てられた彼女は、両親のやりかたを笑い話にすることはできても、その育ちの影響は今も残っていた。夫に出会うまで恋人はひとりしかいなかったし、その相手のことはすぐに忘れた。

　マークと出会ったのは、エッダが大学を卒業してまもないころだった。彼女はデザイン専攻で、ニューヨークにあるファッション誌の出版社で働いていた。六カ月働いて経験を得たら、アイスランドに帰って、テレビ局のいい仕事に就ける見こみだった。マークとは、あるファッションショウで出会った。彼女は仕事で来ていた。マークは友人と来ていて、その友人はエッダの同僚だった。ふたりは少し話をした。といっても、話したのはもっぱらマークで、その夜が終わると、エッダは彼のことを忘れた。けれども彼は忘れず、彼女がディナーの誘いを承知するまで電話をかけつづけた。エッダは美人だったが、これまで男性から好意を寄せられたことはあまりなかった。友人たちには、男性に興味がなさそうな印象をエッダが与えるからだと言われた。それは偏見だった。ただ、もの静かで無駄なことを言わなかったから、彼女を知らない人からは話しにくいと思われがちだった。けれども、マークはそんなことに負けなかった。なにしろ、買うべきか決めかねている人に株を売りこむのに慣れていたからだ。しばしばやりすぎて、彼女の仕事場に花を送るようなこともしたが、大騒ぎの末に彼女の心をつかむことができた。彼はきびきびと歯切れがよく、身なりもおしゃれで、量の多い髪を趣味よくまとめ、知的なめがねをかけていた。そのレンズが度のないガラスだと知ったとき、エッダはどう考えていいかわからなかった。当時はプロポーズを受けたばかりで、まだ一緒に暮らしてはいなかった。エッダはマークに、どうして必要ないのにめがねをかけているのかときいた。まじめな顔できいたのに、彼は爆笑し、それならどうして男はネクタイをするのかとききかえした。そして彼女が顔をしかめたときにやる、お決まりのことをした——ほほにキスをして、笑いながら口の両端を引っぱり、笑顔を作らせた。たいていは成功したが、そのときの彼女は考えこんだままだった。

エッダは控えめでもの静かだったが、マークにとって人生はお祭りだった。彼女は仕事から帰ったあとは家で過ごしたかったが、彼はたとえひと晩でも我慢できなかった。「ぼくらは若いんだ」彼は言った。「それに、街には楽しいことがいっぱいある。家にこもるのは歳をとってからでいい」「あるいは、子どもができたらかしら」と彼女は言った。「ああ、子どもができたらだね」と彼も言ったが、すぐに子どもは二、三年待ってからのほうがいいんじゃないか、と言った。「ぼくらはまず、自分自身を確立しなくちゃ。ぼくだけじゃなく、きみもね」

エッダの仕事は順調だった。ひとつの会社で働きつづけ、ときどき昇給したが、責任ある仕事はそれほど求めなかった。一方のマークは頻繁に転職した。注目されるよう努力し、稼いだ金はすぐに使った。どうしてそんなに高価な時計や靴や服を買って、高級レストランばかりで食事するのかとエッダがきくと、自己イメージに投資しているんだ、と彼は言った。このとおりの言葉を聞かされたエッダは、彼には彼の仕事の流儀があるのだから、言い争ってはいけないと自分に言いきかせた。

結婚して数年は景気がよく、マークが売った株も多くが値上がりした。彼は休みなく動きまわり、一方の彼女は夜はたいてい家で過ごし、彼が帰る前に寝てしまうこともあった。彼はふた夏つづけてロングアイランドのハンプトンズの海辺に別荘を借り、ふたりで週末と休暇を過ごした。彼女は三週間の夏休みを取った。彼は勝手気ままに休めるようだった――結局のところ、彼がいつも言っているように、いつでも仕事なのだから。彼はこのあたりに夏の別荘を持っている知り合いが大勢いて、まめにパーティに顔を出した。エッダはいくつか行かずにすまそうとしたものの、町にいるときのように簡単ではなかった。ハンプトンズの家賃は安くなかったが、エッダは文句を言わなかった。社交相手の多くは顧客だとマークに言われたからだ。田舎で乗るために古いオープンカーを買ったときも、文句を言わなかった。黒い車で、座席は白だった。どちらの夏も、エッダはアイスランドに行くつもりだったが、マークが別荘を借りてオープンカーを買ったのに、経済的に無謀だと思った。ひとりで行くこともできたのかもしれない。しかし、倹約家の彼女は、お金を払ったのだから別荘を使わなければいけない気がした。

解雇されたことを、マークはエッダに話さなかった。これまでの転職では、可能なかぎり顧客もそのまま引き抜いたので、彼は片時も気が休まらないようだった。けれども、ある月曜の朝にエッダが目覚めると、彼は寝返りを打って背を向け、もう少し寝ると言った。彼女は昼に彼の携帯に電話してなにかあったのかときいた。彼は見込み客とのランチの最中だと言って、話をすぐに切りあげた。なにもかも絶好調だと言わんばかりだった。

けれどもエッダは、好景気は終わり、株価が自動的に上昇することはもはやないという考えが頭から離れなかった。新聞にはそう書いてあったが、マークは決して愚痴を言わなかった。解雇されたときも、愚痴は言わなかった。会社が自分や顧客の期待に応えなかったから、自分から辞めたのだと言った。しばらくようすを見てからつぎに進む先を決める。選択肢はたくさんあるし、今度はあわてずじっくり決めたい。もっともな言い分だったが、エッダの心配は消えなかった。

マークはいつもどおりの習慣をつづけた。起きるとスーツに着替え、商談に出かけ、知り合いと昼食をとり、昔の顧客を訪ね、脈のありそうな人に接触した。けれどもエッダは、彼は苦しい状況にあるにちがいないと思った。先日、彼女は友人のカトリンと『セールスマンの死』の舞台を見に行って、最初から最後までマークを見ているようだと思った。あるとき、マークがブリーフ一枚で鏡の前に立ち、ぶつぶつひとりごとを言っているのを見た。彼はエッダに気づかず、彼女は哀れに感じた。どういうわけか、そのときだけは、彼が自分に正直になっているように感じられたからだ。彼は健康で、運動を欠かさず、体重増加に悩んだことはなかったが、それでもなぜか哀れに見えて、彼女は助けになりたいと思った。

やがてマークはそこに立っているエッダに気づいた。そして彼女は、直前まで抱いていた思いが、とんでもないまちがいだったと思い知った。

「やあ、ダーリン」彼は言った。「それって、白髪?」

「えっ?」

「ほら、そこ」彼は鏡を見つめたまま、身ぶりで示した。

「なにもないけど」

「ただの光の加減かな。ぼくのパパは五十歳まで白髪なんてなかったよ」

その場を離れようとしたエッダに、マークは言った。「ぼく、自分で会社を始めたんだ。自己資金も出したけど、大半はほかの人からの出資だ。ホフマン夫妻も出資してくれそうだ。見通しは上々だよ」

「自己資金ですって？　うちにそんな余裕はないわ」

マークはほほえんだ。男が子どもに見せる笑みだった。

「心配するなって。融資を受けたんだ。だれもがこの話に乗り気だよ」

エッダは自分がたいていの人よりお金に慎重なのがわかっていたので、彼の計画に意見するのをためらった。彼女は質素と倹約を旨とする家に育った。兄が自宅を担保に借金したと聞いたときの父の反応を、エッダははっきり覚えていた。「もしかしたら、大丈夫なのかもしれない」と彼女は自分に言いきかせた。「それがビジネスのやりかたなのかもしれない」けれども、どんなに自分を納得させようとしても、いつも最後には同じ結論に、彼を信じられないという結論に至った。まちがいと失望が待っている予感がした。それを察したのかどうか、マークはますます家に寄りつかず、うまくいっているかと彼女がたずねると、話を早々に切りあげるか、「これ以上ないほどうまくいってるよ、きみは信じないだろうけど」と言った。彼女は自分を恥じて、彼を偏った目で見ているのだろうかとふたたび自問した。

六月、急にマークは子どもを作ろうと言いだした。エッダは動揺した。別れるのがおたがいにとって一番だと思うと、今こそ話そうとずっと思っていたからだ。彼女は友人のカトリンをカフェに呼びだして、この困った状況を打ち明けた。カトリンは、妊娠するなんてとんでもないまちがいだと言い、エッダは納得した。エッダは、自分はマークを見捨てているんじゃないかと思うとカトリンに言った。

カトリンは事実に向き合うべきだと言った。「あなたは彼を愛してないの」と彼女は言った。「そのかわりに哀れだと思ってる。それでも結婚っていえる？　それに自分が三十歳だってこと忘れないで。二十五歳と三十歳じゃ大違いなんだから。世間は厳しいわ。子どもがいないのを感謝しなくちゃ」

カトリンは、九月に一緒にパリに行こうとエッダを誘った。カトリンと夫は、ニューヨークの前はパリにいて、多くの友人がいた。彼らはよくフランス時代の思い出話をして、フランスのものを片端からほめちぎった——料理、文化、ファッション、言葉、美的センス——そして、とくにワインを飲むと、夫婦でフランス語で話すことがあった。あるときカトリンは、ベッドでフランス語を使うと、極上のセックス・ライフが得られる、とエッダにうちあけた。エッダはそんなことまで知りたくないと思ったが、ときどき、ふと気づくと、そのことを考えていた。

カトリンは、友人のクレマンスが中国に出かけているあいだ、アパルトマンを貸してもらう手はずを整えた。夫はアイスランドにサーモン釣りに行くことになったので、カトリンはエッダとふたりでパリで一週間過ごす絶好の機会だと考えた。

「あなたには必要よ」とカトリンは言った。「こんなに大変な思いをしてきたんだから」

アパルトマンはセーヌ川に架かるポンヌフにほど近い静かな小道にあった。クレマンスは、カトリンがエッダを誘ったことを快諾した。アパルトマンには広い寝室がふたつあった。

カフェを出るころには、エッダは、こんな状況で子どもを作るのは賢明ではないとマークに話し、あわせてパリ旅行のことも伝えるとカトリンに約束した。

もしかしたら、マークはこうなると予期していたのかもしれない。エッダはほかに説明がつかなかった。彼は彼女への花束を持って帰宅し、エッダは、その花を花びんに活けてリビングに飾った。花を見ていると、自分はなんて流されやすいのだろうと彼女は思った。彼はまた子どもの話をした。彼女を操ろうとしているのはわかったが、どうすることもできなかった。エッダはうろたえ、やっとのことで、もう少しようすを見るべきだと思うと口ごもりがちに答えた。さらに、九月にカトリンとパリに行くと言ったときは、ほとんどうしろめたい気分だった。

マークは、最悪の事態は回避したと察して、パリ旅行を勧めた。彼は自分が設立した会社について得意げに語り、秋にはフル回転になるはずだから、いずれにしても自分は一緒に行けないと言った。

それから数週間、マークが携帯電話で新しいビジネスの話をしているのが、エッダにも聞こえてきた。彼は彼女に聞かれないようにしていたが、どうやら彼に出資した人たちはいらだちはじめているようだった。ホフマン夫妻が投資を急ぐ気配はまったくなく、自分が儲けさせてやったとマークが豪語する顧客たちは、新会社にもついてくるだろうという期待に反して、態度を決めかねていた。エッダも同じだった。実際、彫像の件がなければ、永遠に迷いつづけていたかもしれない。

八月初め、週末にロングアイランドに招かれたとマークは言った。その年は別荘を借りていなかったが、マークの友人が敷地内に小さなゲストハウスを持っていて、マークとエッダにぜひ来てほしいと言っていると彼は言った。それまで聞いたことのない友人だった。ある金曜の夜、ふたりが車でその家に行くと、相手の夫妻は不在だった。家政婦が出迎え、彼らをゲストハウスに案内した。おふたりのご到着はお待ちしていましたが、ご主人と奥さまはお戻りになるかどうかわかりません、と家政婦は言った。マークは興奮気味だった。彼はエッダに、招いてくれた夫妻はうなるほど金を持っているから、どんな話にも乗ってくると言った。「明日はここに来るだろう。明日の夜、ホテルで慈善ディナーパーティがあって、夫妻はテーブルひとつ分のチケットを買ったんだ。ぼくらも招かれているんだよ」

ディナーの件は初耳だったので、エッダはもっと詳しく教えてほしいと言った。なんの慈善だか知らないが、障害児か地域の図書館のためだったような気がする、とマークは言った。「隣のテーブルにはホフマン夫妻が来るってさ」

「着ていく服がないわ」エッダは言った。「どうして出る前に教えてくれなかったの」

「ダーリン、服なら買えばいいさ。この町にはおしゃれな店がいっぱいある」

その日は蒸し暑く、夜になるにつれて雲が厚くなった。空が黒くなり、急に激しい雷雨が降りだした。疲れを感じて、ふたりは窓を開けたままゲストハウスの大きなベッドに並んで横たわり、雨音に耳を澄ませた彼は手を伸ばして彼女の手に触れ、彼女は手を開き、ふたりは指をしっかりからませた。雷が家を揺さぶり、雨粒が外のテラスに激しく打ちつけた。

「きみはずっとつらかったよね、わかってるよ」マークは静かに言った。「ぼくもつらかった。でも、すべていい方向に進みそうだ。ようやくね」

マークがこんなふうに話すのは初めてだったし、完全に現実を見失ったわけではないのがわかって、エッダは心の底からほっとした。彼女は知らず知らず彼の手を強く握り、ほどなくふたりは愛を交わした。久しぶりで、最初はぎこちなかった。けれども、ふたりは乗り越えた。終わってまどろんでいるとき、まだ手遅れではないかもしれない、行き違いを元に戻せるかもしれない、とエッダは自分に言いきかせた。

翌日の午前中、エッダはサザンプトンでドレスを買い、そのあとふたりはサグハーバーの小さなレストランのテラスで昼食をとった。湾にはヨットが浮かび、海岸の上空にはカモメが舞っていた。エッダはしばらくぶりに気分がよかった。マークが新聞を読むあいだ、彼女は持ってきた本を読み、食事のあとは一緒に小さなカップでエスプレッソを飲んだ。それから海岸を散歩してゲストハウスに戻ると、招待してくれたシュワルツマン夫妻が到着していた。夫妻は彼らを歓迎し、ミセス・シュワルツマンはエッダに、今夜のパーティを楽しみにしているかとたずねた。慈善ディナーは、どうやら耳の不自由な人を支援するためのものらしかった。

「六時に待ち合わせましょう」ミセス・シュワルツマンは言った。「出かける前に、軽くなにか飲んでお話ししましょう。ゲストハウスは快適かしら?」

エッダとマークは、六時に芝生を横切って母屋へ行った。テラスのドアは開いていて、なかから音楽が聞こえた。夫妻が彼らを出迎え、ミスター・シュワルツマンはマークに新しい会社はどうだときいた。

「上々です」マークは答えた。「すべていい方向に向かっています。ホフマン夫妻にもようやく参加していただけそうです」

「おめでとう」ミスター・シュワルツマンは言った。「よかったな。あいつらは締まり屋だからな」

「まだ契約書は交わしていないんですが、昨日、ホフマン夫妻の弁護士と話したところ、契約は成立したも同然ってことでした」

「気をつけろ。わたしはハリー・ホフマンをよく知っている。あいつは信用ならん」

テラスでカクテルを飲んでいると、太陽が空低く沈み、夕方の光で芝生は青い影を帯びた。ミセス・シュワルツマンは、マークと夫が仕事の話をしているあいだ、ほとんど電話で話していた。エッダは気にしなかった。

パーティは七時に始まった。会場は混みあっていた。エッダの知っている人はひとりもいなかった。けれどもマークは知り合いが大勢いて、それぞれと言葉を交わした。エッダは彼が人に取り入ろうとしすぎているように感じたが、今に始まったことではなかった。女性にはほほにキスをして、男性とは握手して肩を景気よく叩き、元気そうですねと声をかけた。エッダは、これまで何度もそうだったように、今も感じずにはいられなかった――みな親しげだが、彼のことを軽く見ている。それは彼女が自分自身について使う言葉だった。「軽く見られている」そう思わずにはいられなかった。

七時半、ディナーの着席を促す合図があった。大きな丸テーブルには、それぞれの席に名札が置かれていた。エッダのテーブルは、ひとり欠席で九人だった。右側の男性は、株式仲買人だと自己紹介した。左側はミスター・シュワルツマンの弟だった。体格がよく、白い麻のナプキンでたえずひたいの汗を拭った。

司会者が歓迎の言葉を述べ、崇高な慈善への支援を感謝した。ジョークをふたつ言って話を手短かに終えると、今晩のプログラムを説明した。最初にいくつかスピーチがあり、つづいて耳の聞こえない人への慈善活動に大きく貢献したハリー・ホフマン氏の表彰があり、そのあとで四点の美術品、絵画三点と彫像一点のオークションがある。「食事《ボナペティ》をお楽しみください」と司会者は言って、マイクの前を離れた。

食事はつつがなく進行した。耳の不自由な人についてのスピーチは、右から左へ耳を通り過ぎた。エッダのテーブルでは話が盛りあがり、同席の人はみな感じのいい人ばかりだった。ホフマン夫妻は友人や親戚たちとステージに一番近いテーブルにいて、マークはあいさつに行った。エッダは、紹介するから一緒に来てほしいと言われたが、遠慮した。彼がここにいる人たちにおもねる姿を見るのが気恥ずかしかった。

ハリー・ホフマンは背が低くやせ型で、話し声がとてつもなく大きく、表彰に感謝してスピーチを始めると、マイクが耳障りな音をたてた。ミスター・シュワルツマンの弟は、エッダのほうに身をかがめ、ホフマンは出席している大勢の耳の不自由な人に配慮しているつもりなのだと説明した。エッダがまわりを見ると、隣のテーブルでは、高齢の男性がふたり、補聴器の音量を下げようと苦労していた。父が補聴器をつけていたので、エッダは大きな音は迷惑なだけだと知っていた。

「……そこでみなさん、財布を開いていただきたい」ホフマンはスピーチの最後に言った。「のちほど行なわれる美術品のオークションは、口だけでなく行動で示していただく絶好の機会であります」

拍手が雷鳴のようにとどろき、ウェイターはカップにコーヒーを、グラスにはリキュールを注ぎはじめた。マークは立ちあがって拍手した。エッダは恥ずかしくなって目をそらせた。

「すばらしい」そう言いながらマークは席に着いた。「すばらしい」彼は前菜に合わせて白ワインを飲み、メインに合わせて赤ワインを飲んでいたので、酒が回りはじめているのが自分でもわかった。彼はリキュールグラスを持ち上げて、テーブル全員でハリー・ホフマンと、そしてもちろん招待主のミスター・シュワルツマンに乾杯しようと言った。

オークションはプロの競売人が取りしきった。最初に作品をほめたたえ、人々にぜひ気前よくと呼びかけた。「崇高な慈善のためです」と競売人は何度も言った。会場は浮かれた雰囲気になり、ウェイターは客たちの注文に応えてリキュールグラスにせっせと酒を注いだ。最初の作品は海岸の家の絵で、ミスター・シュワルツマンの弟は、聞いたことのある画家だと言った。彼はオークションに参加したが、価格が上がりすぎて抜けた。二番目と三番目はどちらも風景画だった。エッダは両方とも感心しなかったが、競売人はさすがプロだった。どちらの作品も古く、画家は故人であることを強調した。

「このような作品は、今後、価値が上がりこそすれ、下がることはありません」と競売人は言った。

エッダはオークション見物を楽しんだ。会場は張り合う雰囲気になり、人々は注目されようと嬉々として手を挙げ、価格がつり上がるにつれてその度合いは増した。会場はざわめきが絶えなかった。彫像のオークションを始める前に、競売人は水をひとくち飲んだ。いよいよ今晩のハイライトです、と彼は宣言した。

「作者の名前をご存じないかたもいらっしゃるかもしれません。けれども彼は、祖国フランスだけでなく、国際的にも美術界で名を知られ、尊敬されている彫刻家です。もちろん、なによりも考慮すべき重要な点は、この彫像はホフマンご夫妻からのご寄付であり、長年、ご夫妻のコレクションのなかでも誇りにされてきた逸品であることです」

パーティの客は拍手し、「ブラボー」の声があがった。

「では、五千ドルから始めます」競売人は言った。

「彫刻家をご存じですか」ミスター・シュワルツマンの弟がエッダにたずねた。彼は彼女が大学で美術を学んだことを聞きだしていた。

「いいえ」エッダは答えた。「けれど、だからといって、かならずしも無名ということではありませんけど。わたし、フランスの彫刻のことはよくわかりませんので」

彫像をめぐって争いが繰り広げられた。価格はたちまち上昇した。会場の後方からは彫像はよく見えなかったが、エッダの目には、抱擁する男女の像のように見えた。大きさは、高さが五十センチ、幅が二十五センチほどだった。競売人は重たそうに像を持ちあげ、芯まで金属が詰まっていますと言った。

価格が二万八千ドルに達すると、争いから脱落する人が出はじめた。ふたりの男が競りつづけたが、価格提示のペースは落ちた。競売人はふたりを中心に競りを進めた。競り値が二万九千五百ドルに達すると、エッダから見えないほうの男が下りた。残った男がまわりから賞賛されてほほえんでいるのが、彼女には見えた。

「もうすぐ三万ドルです」競売人は言った。「このすばらしい彫像によろこんで三万ドルの値段をおつけになるかたが、この会場にはいらっしゃるはずです。この像は、ホフマンご夫妻からのご寄付であることをお忘れなきよう。ご夫妻の個人コレクションからの出品です」

その瞬間、エッダはマークに目を向けた。彼は椅子の端に腰かけ、彫像とハリー・ホフマンをかわるがわる見ていた。「だめ」エッダはひとりごとをつぶやいた。「やめて」

あとになって、エッダは彼を止められただろうかと自問した。彼の席は大きなテーブルをはさんで反対側だったから、黙らせるには、怒鳴るか、立ち上がってテーブルの向こう側まで走っていかなければならなかっただろう。きっと無理だ。その時間はなかった。つぎの瞬間、彼の手は宙に挙がっていた。

「三万ドルです！」競売人は叫んだ。「四番テーブルの若い男性が競り落とされました。三万ドルです！」

マークは感謝と祝福を受けた。ハリー・ホフマンまで彼と握手した。マークは晴れがましい顔をしていたが、妻のほうにはけっして目を向けなかった。エッダは、にやにや笑っている人がいるような気がした。ミスター・シュワルツマンの弟が彼女をそっとつついて言った。「こうなると思っていらっしゃいましたか」

パーティが終わると、彼らはシュワルツマン夫妻のSUV車の後部座席に乗って家に戻った。ふたりにはさまれて、彫像がかしこまって座席に立っていた。車内はその晩の話になり、ミセス・シュワルツマンはマークが競り落としたことを讃えた。エッダはずっと黙りこみ、ゲストハウスに着いてベッドに入ってからも口をきかなかった。マークは競り落としたことを正当化しようとしたが、すぐにあきらめた。エッダは、翌日ニューヨークへ戻る列車でも黙ったままだった。ようやく口を開いたのは、月曜の仕事帰りに、友人のカトリンに会ってからだった。

エッダはそのときもたいしてしゃべったわけではなく、ほとんど泣いてばかりだった。カトリンは、もう我慢の限度を超えていると言った。一歩踏みださなければいけない。エッダは、わかっていると言った。「でも、わたし、ひとり暮らしに耐えられるかしら」彼女はとぎれとぎれに言った。

「やってみなきゃ。このままではだめよ」とカトリン。

「そうね、パリから戻ったら。そのときならできるかもしれない。わたしがどんなにこの旅行を楽しみにしているか、想像できる?」とエッダ。

それから数週間は難しかった。マークはエッダをなだめようとしたが、うまくいかないと見るとあきらめて、家に寄りつかなくなった。彫像の支払い期限は九月だったが、どうやって払うつもりか、エッダはきかないことにした。あるとき気づくと、彼が夜中にリビングに座って、彫像を見つめて考えこんでいた。彼女は自分がそこにいることを知らせずに、そっとベッドに戻った。

エッダはインターネットで検索してみたが、彫刻家の情報はなかった。変だと思ったが、きっとマークの書いたつづりが違っていたのだろうと考えた。そして、そのまま放っておいた。関わるつもりはいっさいなかったからだ。

エッダが心理カウンセリングに行くと、ご主人とのことはどれも今に始まったことではないですね、とカウンセラーに言われた。カウンセリングはなんの助けにもならず、行動に移すのはあいかわらず難しかった。離婚したら見捨てることになるような気がしたが、実際のところだれを見捨てるのか、よくわからなかった。一族のなかで、これまで離婚した者はいなかった。家族も、きょうだいも。自分が第一号だ。米軍基地の男性と結婚した母の従妹のスヴァナが、唯一の例外だった。

ある日の夕方、エッダが仕事から帰る途中にカトリンから電話があり、母親が急病で付き添わなければならず、パリに行けなくなったと連絡があった。

「でも、あなたは絶対に行ってね。言いわけは無用よ」

その週の金曜の夜、エッダはエールフランスでパリに飛んだ。十時発の便だったので、夫と余計な会話をしなくてすむように、仕事のあと早く帰宅しすぎないよう気をつけた。荷造りは朝にすませていたので、タクシーを外に待たせて、上階の部屋に荷物を取りにいった。マークは荷物を持って外まで送り、エッダはほほにさっと別れのキスをした。

機内では、最初のうちはフランス語の辞書を眺めて過ごし、そのあとは眠った。機内食のときに白ワインを飲み、旅行中はフランス語以外はしゃべらないことにした。高校時代、フランス語は十点満点中九・五点で、大学時代も語学力を保つ努力をした。彼女は今、この機会を利用して、忘れた分を取り戻し、身につけた語学力に磨きをかけようと心に決めた。

パリは、青空と暖かくおだやかな陽気で彼女を迎えた。クリスティーヌ通りのアパルトマンに着いたのは、まだ朝の七時だった。エッダは部屋に入る前に立ち止まり、下のだれもいない通りを眺めた。太陽が舗道の石に照りつけはじめ、彼女は荷物をほどきながら、今日は暑くなるだろうと思った。

十一時まで休憩した。アパルトマンは清潔で明るく、気持ちのよいインテリアだった。通りに面して大きな窓があり、窓の外の台には草花のプランターがあって、彼女は仮眠から目覚めると、手を伸ばして花に水をやった。なにもかも静かだった。ゆっくりシャワーを浴びて、街に出かけることにした。

階段で、ひとつ上の階に住む女性に会った。「ボンジュール」と女性は言って、自己紹介をした。

「ボンジュール」エッダは答えた。「シフといいます《ジュ・マペール・シフ》」

自己紹介で口をついて出たのは、思いがけない名前だった。たしかに彼女の名前はエッダ＝シフだが、これまでミドルネームを使ったことはなかった。けれども、その名があまりに自然に口から出たので、なにか理由があると思わずにはいられなかった。もしかしたら、この旅で彼女の人生が一新するしるしなのかもしれない。新しい人生を始めよう。きっとできるという思いが急に湧いて、彼女は自分でも驚いた。

最初の数日、太陽は休みなく照りつけた。エッダは街を縦横に歩きまわり、ときどきカフェのテラス席に座って、冷たい飲みものや、ときには白ワインかロゼをグラスで楽しんだ。早寝早起きをして、ひとりごとを言うときでさえ、フランス語しか話さないよう心がけた。本をたくさん読み、美術館や博物館に出かけ、近くの小さなレストランで夕食を食べた。たいてい暖かくて外の席でも快適だったので、彼女は本を持っていって、暗くなったあとはろうそくのあかりで読んだ。満ち足りた気分だった。

エッダがパリに着いて二日目に、カトリンから電話があった。ふたりはフランス語で話し、カトリンはエッダがうらやましくてたまらないと言った。「ひとりで過ごすのはどう？」カトリンは母親の容態を報告したあとにきいた。

「最高《セ・ボン》よ！」とエッダは答え、ふたりは心から笑った。

五日目にマークから電話があった。エッダは誓いを破ることにいらだちつつ、英語を話した。彼はよくしゃべったが、エッダは数分で会話を切りあげた。「電池が切れそうなの」と彼女は言った。彼にはアパルトマンの電話番号を教えないと決めていた。

一週間が過ぎ、エッダは近くの小さなレストランに愛着を感じるようになっていた。料理はシンプルだがおいしく、材料は新鮮だった。テーブルは、店内に十卓、庭に四卓だけだった。オーナーはマルセイユ出身の男性で、彼女とさほど歳が違わず、この席が気に入ったと彼女が言うと、いつも同じテーブルに案内してくれた。その席は、庭の隅にあるオークの古木の下で、日が沈んだあとも、最後まで名残の光が射した。オーナーは感じがよくて礼儀正しく、彼女が三度目にひとりで食事に訪れたとき、おひとりでこの街にご滞在ですかとたずねた。その晩、彼女は遅くなり、食事に行ったのは十時で、彼はほかの客が帰ったあと、彼女のテーブルに来て座った。ふたりはしばらくおしゃべりして、彼はアントワーヌという名だと自己紹介すると、一緒にワインを飲んだ。彼には強引なところが少しもなく、だからこそ彼女は、翌日一緒に青果市場に行かないかという誘いを受け入れた。彼は十時に迎えに行くと約束し、ではおやすみなさいと言った。

アントワーヌは時間に正確だった。エッダはいつもどおり早起きして、たっぷり時間をかけて身じたくを整え、結局、黄色いワンピースに決めた。その服は、彼女をいつもしあわせそうに見せてくれた。部屋にはクレマンスやそのほかの人たちの写真がたくさんあり、彼を待つあいだ、エッダはそれらを見て過ごした。どうやらクレマンスは冒険家タイプで、自立した自信あふれる女性のようだった。ある写真では、砂漠でラクダにまたがっていた。ある写真では、山の急斜面をよじ登っていた。いずれも興味深い写真だったが、それよりもエッダの目を引いたのは、彼女が男性に囲まれている写真だった。そういう写真はたくさんあって、とくに本棚の下の戸棚にあったアルバムに多かった。彼女は男性と過ごすのを気楽で楽しく感じているのが、エッダにははっきりわかった。

「ボンジュール、シフ」彼女がドアの外に出ると、アントワーヌが言った。「すてきな服ですね」
その日は大成功だった。五時にエッダを家まで送ったアントワーヌは、一緒にディナーに行かないかと誘った。彼女は誘いを受け入れ、ほほにキスを交わして別れた。エッダはお風呂に入り、ディナーのあとはどうしようかと思った。

ふたりはカルチエラタンで食事をした。そのレストランのオーナーは、アントワーヌと同じマルセイユ出身で、ふたりを王族のように迎えた。エッダはアントワーヌと一緒にいると心が安まった。彼には話しやすかったし、黙っていても気まずくなかった。ふたりはロゼと赤ワインを飲み、食事が終わると、アントワーヌはエッダの手をとってやさしくなでた。すでに深夜零時を回っていた。

アパルトマンに着くと、エッダは彼にタクシーを帰して部屋に来ないかと誘った。出かけるまえに整えておいたので、ベッドはふたりを待っていた。彼女はあかりを消し、ごく自然に彼の前で服を脱いだ。アントワーヌはやさしく、エッダは、フランス語は極上のセックスをもたらすというカトリンの話は、うわさ以上だと知った。

愛を交わしたふたりは眠りに落ち、エッダが夜中に目を覚ますと、雨が降っていた。彼女はバスローブをはおり、窓を開けて顔を出した。雨粒は暖かく、数時間で過ぎるにわか雨だろうと彼女は思った。街灯の光が部屋に射しこみ、アントワーヌが眠っているベッドを照らした。彼をじっと見つめていると、彼女の心はおだやかになり、なんの悔いもなかった。そのことに、彼女は驚いた。

アントワーヌは六時に起きて、静かに服を着た。エッダは気づいたが、そのままま どろみつづけた。とてもいい気分だった。出ていくときに彼がほほにキスをすると、彼女は目を閉じたままほほえんだ。

「じゃあ、またね《オー・ルヴォワール》」と彼はささやいた。

　エッダが起きるころには空は晴れていた。九時だった。こんなによく寝たのは久しぶりだった。窓辺の花の花びらにはまだ雨のしずくが残っていたが、太陽が出ると蒸発した。エッダはセーヌ河畔で朝のコーヒーを飲んだ。正午過ぎ、携帯にアントワーヌから電話があり、一緒に散歩しないかと誘われた。これから二、三時間空いているから、一緒にアンティークの店をいくつか見よう、レストランのロビーに置く魅力的な時計を探しているんだ、と彼は言った。ふたりは一時にポンヌフで会う約束をした。電話を切ると、彼女はコーヒーのおかわりとパン・オ・ショコラを注文した。

　ふたりはつぎつぎに店をのぞいたが、アントワーヌの気に入るものはなかった。彼は時間をかけ、成果を気にせず、あせらずに品物を見た。邪魔しないよう気をつけて、エッダも手伝った。ふたりは手をつないで歩いた。わずらわされたくなかったので、エッダは携帯の電源を切った。アイスクリームを買って、小さな広場のベンチに座り、世界が通り過ぎるのを眺めた。エッダは、三日後にニューヨークに戻る飛行機を予約していることを考えないようにした。

　もう何軒かまわってみようと言ったのはエッダだった。アントワーヌがぴったりの時計を見つけられるか、知りたかったのだ。彼女がいなければ、彼はきっと見つけていたはずだ。ばかげた考えかもしれないが、彼はもっと時計探しに集中できたはずだ。アイスクリームを食べているとき、彼女は細い脇道に気づいた。ふたりは手をつないでその道を歩き、ウィンドウをのぞき、よさそうな店に入ってみた。この通りの店は、先ほどの店よりも安かったが、複製品が大半だった。それでも、がらくたのなかに興味深いはんぱ物が潜んでいて、エッダはかわいらしい小さな鏡を見つけ、買おうかと思った。

影像に気づいたのは、鏡をのぞいたときだった。彫像は、店の奥の暗がりの棚に五個並んでいた。彼女は一瞬ためらい、ふり向いた。「大丈夫かい」とアントワーヌが声をかけた。彼女の顔つきが変わったからだ。彼女はなにも答えず、店の奥に向かい、棚の前で止まった。

そこにあるものと、マークが三万ドルを払った彫像は、なんの違いもなかった。彫像はひとつ百二十ユーロで、店主はエッダが関心を持っているのに気づくと、即座に百ユーロに値引きした。アントワーヌはエッダを見つめてほほえんだ。その不格好な像について、彼女がなにかおもしろいことを言うだろうと思ったのだ。けれども、彼女は黙ったまま棚からひとつ下ろし、しばらく手に持ってから、棚に戻した。マークが買ったのと同じ重さで、手に持った感じも、高さも、土台のしるしも、複製品のようにそっくりだった。

女店主はもう一度値段を言ったが、エッダは気づかなかった。彼女はマークのことを考えていた。あのとき彼を見捨てた自分が情けなかった。大学で美術を学んだ彼女なら、わずかな努力で彫像の真実を明らかにできたはずだ。たいした手間ではないのに、彼女は関わるのを避け、作者についてちょっと調べてわからなかっただけで、肩をすくめて終わらせた。

そんなことを考えてもみじめになるだけだとわかっていたので、やめなければとエッダは思った。彼女はずっと、マークを哀れに思い、彼の不運に自分も関わっているような気がしていた。子どもの過ちの責任は自分にあると感じている母親のようだった。オークションでのマークのふるまいを思い出し、あの彫像が我慢の限界だったとふり返った。

エッダは自問自答をつづけ、ありがたいことにいくらか気持ちが上向いた。カトリンならなにを言うだろう、と想像した。思いつくまで時間はかからなかった。カトリンなら、マークに電話して、ハリー・ホフマンと対決するしかないと説明しろとエッダに言うだろう。彼を自分の欠点に向き合わせ、彼女は彼になんの借りもない、もう終わったことだとはっきり伝えろと言うだろう。

エッダはため息をつき、アントワーヌはそれに気づいたのだろう。じっと待っていた彼は、彼女の肩に手を置いて言った。「ひょっとして、それ、気に入ったのかい」

「いいえ」エッダは答えた。「醜悪だわ」

エッダの表情が和んだ。もし、アントワーヌがそれ以上なにも言わなかったら、ふたりはまちがいなく手を取り合って店を出て、街歩きをつづけ、夕方に彼のレストランで再会するのを待ちわび、そのあとの夜を夢見たことだろう。けれども、アントワーヌはそこで終わらせなかった。「それはずいぶん控えめな言いかただね。これを買う人がいたとしたら、よっぽどのおばかさんだな」

その悪気のない言葉に、エッダのなかでなにかが破裂した。彼女は彫像を棚から奪うようにひとつ取ると、カウンターに持っていき、震える手で財布から百二十ユーロを出した。

女店主は無言で金を受け取った。

「シフ」アントワーヌは声をかけた。「どうしたんだい。少なくとも、言われた額より多く払うことはないじゃないか」

「いいの」エッダは言った。「定価を払いたいの」

店員が像を包んで袋に入れようとしたが、間に合わなかった。エッダは金を払ったとたんに店を出た。両腕で赤ん坊のように像を抱き、足早に通りを歩いていった。太陽は空に低く傾き、青い影が彼女を包み、家々の壁の影が長く伸びた。けれども前方の、先ほどベンチに座ってアイスクリームを食べた広場は、まだ明るかった。エッダは、今すぐ太陽が欲しいというように、ふり向きもせず広場に急いだ。アントワーヌは追いかけた。彼が追いつくと、彼女は身じろぎもせず広場に立ちつくし、宙を見つめていた。

「どうしたんだい」アントワーヌは声をかけた。「いったい、なにがあったんだい」

エッダは答えなかった。彼に話したかったが、その力はなかった。泣きたくないのにほほを伝う、大量の涙を拭う力もなかった。

十月

ダヴィドが先だった。待ち合わせは六時で、彼は早く着きすぎないように、少し前から通りの先の本屋で時間をつぶしていた。今は六時五分。ステファンがまだ来ていないのを見て、彼は驚いた。今回は、ステファンは彼を待たせはしないだろうと思っていた。ダヴィドは周囲をちらりと見て、席には着かないことにした。友人のベネディクトの予想どおり、この時間、カフェはそれほど混んでいなかった。客のほとんどは若者で、煙草を吸い、ぼんやり宙を見つめていた。ふたりで会えと説得したのはベネディクトで、ダヴィドが折れるまで言いつづけた。

もう帰ろうと思ったとき、ステファンの姿が見えた。ステファンは脇に新聞をはさみ、さっと左右を確認して、通りを急いで渡ってきた。コートのすそが体のまわりではためき、その姿はいつもながら華があった。そして、もつれた黒い髪を片手でかきあげながら、大またでカフェに入ってきた。

あいさつを交わすと、ステファンはコートを脱いだ。新品だった。ふたりは席に座り、ステファンはダヴィドに新聞を渡した。

「おまえの写真が出てる」ステファンは言った。「もう見たかもしれないが」

ダヴィドはまだ見ていなかった。彼らの写真はときどき新聞に出たが、いつもはその事実をわざわざ口にすることはなかった。

「いい写真だ」ステファンは言った。「長いこと待ってたのか」

ステファンがそわそわしているのが、ダヴィドにはわかった。ステファンは周囲をちらっと見て、また髪をかきあげた。窓際にひとりで座っている若い女性に、一瞬、目を留めたものの、今は女に色目を使うときではないと気づいたようだ。ステファンは咳をした。ダヴィドは手を挙げてウェイターを呼んだ。

ダヴィドはエスプレッソを注文し、ステファンはややためらって同じものを注文した。ふたりは添えられたレモンの皮をコーヒーに入れ、ステファンはウェイターに砂糖を頼んだ。通りにはまだいくらか車が走っていた。帰宅する店員や、好天の下をのんびりドライブする遊び人たちだ。ここ数日は輝くような天気で、よく晴れた青空にそよ風の吹く、美しい秋の日だった。時折、夜のあいだに霜が降りたほかは、この時期にしてはおだやかだった。

彼らは十代のころからの友だちだった。ステファンはダヴィドのひとつ年上で、ダヴィドは二週間前に三十五歳の誕生日を祝った。そして、その誕生日から、すべてがおかしくなった。皮肉なもんだ、とダヴィドはベネディクトに言った。「とんだ誕生日プレゼントだよ」彼とステファンはベネディクトを通して出会った。ベネディクトは年上で、一緒にバンドを始めた当時は、ほかのふたりよりも業界経験があった。彼らがときどき笑いながら引き合いに出した新聞の音楽欄では、彼らは有望な新人で、「アップビートなリズムと南の香り」で革新的な音楽を作っていると評された。ベネディクトがギター、ダヴィドがキーボード、そしてステファンがベースだった。ボーカルはダヴィドとステファン。彼らは今も人気があり、世の常として、自分たちの音楽を時代の変化に合わせた。数多くのライブをこなし、音楽で稼ぐ金は、自分たちの衣食をまかなうには十分だった。彼らの生きかたはうらやまれることが多かったし、運がいいことは自分たちでもわかってはいたが、心の奥では、秘めた可能性を実現しそこねたと感じているのは否定できなかった。彼らは才能があり、初めのころは海外ツアーに出てコペンハーゲンやロンドンで演奏したが、観客からの反応はよかったものの、その先につながることはなかった。行く手に世界的な名声が待っている二十歳と、名声の夢が過去のものになった三十五歳とでは大違いだ。それでも彼らは愚痴を言わなかった。夢見ていたほどの成功ではないことは、けっして表に出さなかった。

ベネディクトはだいぶ前に身を固め、子どもふたりと妻のソルヴェイと暮らしていた。ダヴィドとステファンはそうではなかった。彼らは昔から腕ききの女たらしだった。そもそも仕事にはその機会がつきものだったし、ふたりとも顔とスタイルが抜群なのもプラスに作用した。初めのころ、ベネディクトはよくふたりの夜の冒険の話を楽しんだ。音楽においても恋愛においても、ダヴィドとステファンは張り合うところがあったが、けっして友情を翳らせるほどではなかった。けれどもここ数年は、そんな話もしだいに減り、ふたりはもう、かつてのように心の向くままお楽しみに無謀に飛びこんだりしなくなったのだろうとベネディクトは思っていた。いろいろ変わった。今ではふたりとも、女たちからまだ魅力的だと思われていると自分自身に証明したい一心で動いているように見えた。

ステファンとダヴィドは、ライブのあとは派手に遊びたがったが、ベネディクトは、さあ、夜はおまえたちのものだと言って、妻と子の待つ家に帰った。そして、翌朝目覚めると、いたずら半分でふたりに電話したが、だいぶ前にやめた。今では、朝は子どもたちを学校へ送り、そのあと音楽作りをした。それが彼には合っていた。ソルヴェイは急成長中の新しい旅行代理店に勤めていた。

彼らはコーヒーを飲んだ。ダヴィドは、ステファンが彼とのあいだにあるテーブルに置いた新聞に目をやったが、開かなかった。第一面には自動車事故の写真と、乗っていた人についての記事があった。

「ダヴィド」ステファンはテーブルに身を乗り出して言った。「俺……」

まだこの話をする準備ができていなかったダヴィドは、手を挙げてウェイターを呼んだ。

「コーヒーをもう一杯」彼は言った。

ステファンは体を起こし、窓際の若い女性にまたちらりと目をやった。視線を感じて、女は顔を上げた。

「俺はビールをもらおうかな」とステファン。

ふたりは無言でウェイターを待った。ステファンは指でテーブルを軽く叩いた。

「このごろ乗馬クラブで会わないな」彼は言った。

「ほかの時間に行ってるんだ」ダヴィドは答えた。

「そうだろうと思った」とステファン。「まったく、あのウェイターはなにやってるんだ」

彼らは乗馬がうまかった。ステファンの父はこの世界ではよく知られた人物で、まだ彼が子どもだったころに最初の馬を買い与えた。ダヴィドが乗馬を始めたのは遅く、彼の馬はステファンの馬にはとてもおよばなかった。レッドが老いぼれの駄馬だというわけではない。それどころか、この雄馬はもう若くはないがすばらしい馬だった。けれども、スターは賞を取った馬だった。この牝馬は、ステファンの十三歳の誕生日に両親から贈られたものだった。

彼らはたいてい、朝起きると一緒に乗馬クラブに行った。その時間は人が少なかった。ほとんどの人は、朝の出勤前か、夕方、仕事を終えたあとに乗りに来た。彼らの馬は、馬場をはさんで向かいあう厩舎にいた。彼らは途中で昼食を――たいていはハンバーガーで、たまに中華料理を――買っていった。けれども、エステルがダヴィドのところで暮らすようになってから、彼女が家にいるときは、ダヴィドは昼食を彼女と家で食べるようになった。

エステルはダヴィドよりも若く、三十歳になったばかりだった。演劇を学び、定職には就いていなかったが、仕事を見つけるのがうまかった。講座の指導をしたり、コマーシャルに出たり、声がかかればどんな芝居にも出演した。金銭的に苦しくなると、父親の会社でアルバイトした。父は卸売業者だった。彼女は十代のころに美人コンテストに出たことがあり、優勝はしなかったものの、今もそのつけがついて回っているような気がしていた。演劇の世界の一部の人からは、いまだにかわいいだけの新入りだと見られているのがはっきりわかった。とくに女からそう思われた。

エステルとダヴィドがパーティで出会ったのは、一年以上前のことだった。ふたりの交際は大荒れだった。ダヴィドはまだ身を固める覚悟ができておらず、目の前に来た誘いに応じつづけた。けれどもしだいにふたりの絆は固まり、ダヴィドが事情をまだのみこまないうちに、エステルが彼の家で暮らしはじめた。それ以来、彼は一度しか浮気していなかった。エステルにばれて、それから数日は地獄だった。ダヴィドは、困ったことになったとステファンに打ちあけ、ステファンは、これを機に、どちらからでもいいから関係を終わらせればいいと言った。ダヴィドは考えたが、できなかった。彼女なしにはやっていけないことに気づき、自分でも驚いた。

エステルも彼と同じようにパーティ好きで、週末は、前の晩の疲れが取れず、昼過ぎまでベッドで寝ていることもあった。ふたりは旧市街にある波形鉄板でできた小さな家の上の階に住んでいて、エステルが連れてきた猫も一緒だった。下の階には老婆が住んでいた。雨が降ると、天窓に雨粒が当たるのが聞こえた。天窓はよく雨漏りした。そんなときは、ダヴィドは床のまんなかにバケツを置いて、なかで雨粒が跳ねる音を楽しんだ。

ウェイターがステファンのビールを運んできたとき、ダヴィドは傾斜した天井の下にあるベッドのことを考えていた。ダブルベッドで、ずいぶん前に買ったものだった。あおむけに寝て顔を左に向けると、天窓から外が見えた。月が見えることもあった。月はたまにしか見えなかったが、そのたびに特別なものを目にしているような気がした。

「俺もビールにしようかな」ダヴィドはウェイターに言った。「ビールとシュナップスを」

「シングルで?」ウェイターがきいた。

ダヴィドはうなずいた。「シングルで」

ふたりはビールを飲み、ステファンはダヴィドにならってシュナップスを頼んだ。窓際の若い女が立ち上がると、ふたりとも彼女が歩いて出ていくのを見送った。通りは静かになっていた。もうすぐ七時だった。奥の部屋ではラジオが流れていて、CDの音楽が静かになるたびにニュースが聞こえてきた。地元のフランク・シナトラが愛撫するような声で歌っていた。

「まあ」ステファンが言った。「俺たちがこんな状況で会うことになるとは、夢にも思ってなかったよ」

ダヴィドは空のシュナップスのグラスを脇によけ、ビールに手を伸ばした。

「こんな状況って、なんだよ」ダヴィドは言った。

「俺、自分がなにしてるのかわかってなかったんだ。だからさ……」

「腹減った」

ダヴィドはウェイターを呼び、食べるものはあるかと聞いた。ウェイターは軽食ならあると言って、小さなメニューを持ってきてふたりのあいだに置いた。魚のスープはおすすめです、とウェイターは言った。腹がふくれます。

「そのスープでも食うか」とステファン。

「ああ、俺はスープとカナッペにする」とダヴィド。

「カナッペはうまいのか」ステファンはきいた。

ウェイターはうなずいて、おすすめですと言った。

ふたりはビールをもう一杯注文した。ダヴィドはトイレに行った。そして、手を洗いながら鏡で顔を点検した。酒がまわりはじめている感じがして、鏡を見ているうちに、気分がすさんでいるのに気づいた。

「音楽、変えてもらえないか」席に戻ると、ダヴィドはウェイターに言った。

「いいですよ」とウェイター。「ビョークはどうですか」

「いやだ」とダヴィド。

「頼むからビョークはやめてくれ」とステファン。「ほかのはないのか」

ウェイターは下がってＣＤを変えた。

「ジョニー・キャッシュだ」とステファン。

「聞こえてるよ」とダヴィド。

ウェイターがスープを運んできて、紙ナプキンでくるんだナイフとフォークとスプーンをテーブルに置いた。

彼らはスープを食べた。外国人の集団が入ってきた。彼らはウェイターを呼び、ウェイターは彼らが窓際のふたつのテーブルをくっつけるのを承知した。外国人たちはアウトドアの道具を下ろして椅子に座った。

「もういなくなったと思ってたぜ」とステファン。「ああいう連中は、秋にみんないなくなったと思ってた」

ダヴィドは答えなかった。彼は傾斜した天井の下にあるベッドのことを考えていた。本当は、もう彼のベッドではなかった。今は彼とエステルのベッドだった。実際には、彼の誕生日からは彼女のベッドだった。あれ以来、彼はそのベッドで寝ていなかった。

「おまえ、どっち側でやったんだ？」ダヴィドはきいた。

ステファンは顔を上げた。

「どういう意味だ？」

「ベッドのあいつの側でやったのか、それとも俺の側でやったのか」

「よせよ。そういうことじゃないんだ」

「ベッドでやらなかったのか」

「ダヴィド、やめてくれよ。ここに来たのは仲直りするためだろ」

ダヴィドの誕生日祝いは、彼らのバンドがときどき演奏する小さなレストランで開かれた。パーティは個室で行なわれ、三十人が集まった。乾杯と歌にあふれた楽しい会だった。その晩、レストランは比較的空いていたが、真夜中を過ぎると混みはじめた。誕生日パーティの客たちは、ほかの客たちと混じりはじめた。エステルは上機嫌で、テーブルに乗り、ダヴィドの従弟とこれ見よがしに踊りはじめた。そのあいだ、ダヴィドはカウンターにいて、友だちや知り合いとしゃべっていた。午前二時、知り合いの女が店にやってきた。エステルと暮らしだしたあとに浮気した相手だった。彼女は彼を見つけてほほえんだ。ふたりは話をした。だれかが彼女に今日は彼の誕生日だと教え、彼女は彼のほほにキスをして「お誕生日おめでとう」と言った。ふたりはほんの少し一緒に踊り、彼女はまた彼のほほにキスをして「お誕生日おめでとう」と言った。

それだけだった。ダヴィドはカウンターに戻り、女はいなくなった。ダンスしているあいだはエステルの姿が見えなかったが、そのとき従弟がやってきて、彼女が飛びだしていったと言った。

「どこに行ったんだ？」ダヴィドはきいた。

従弟は知らなかった。

「かんかんに怒ってたぜ」

ダヴィドは首を横に振った。ベネディクトとソルヴェイがさよならを言いに来て、楽しい夜だったと礼を言った。

「エステルは家に帰ったんじゃゃない？」ソルヴェイが言った。「追いかけたほうがいいと思うけど」

「どこに行ったのか見当がつかないんだ」ダヴィドは答えた。「町じゅう追いかけてまわるわけにはいかないよ」

騒々しくて話すのが難しく、ベネディクトとソルヴェイは、さよならと言って帰った。ステファンがやってきて、なにか演奏しないかと言った。

「ギター一本あればいい」とステファン。

「家に行って取ってくるよ」とダヴィド。

ステファンは、それはいいと思ったが、ダヴィドは動こうとしなかった。話したり笑ったりしていたので、急いで取ってこようという気にならなかった。ステファンは、何度かダヴィドをつついたが、無駄だったので、自分で行くことにした。

「鍵くれよ」とステファン。「おまえがケツを上げないんなら、俺がギターを取ってきてやる」

ダヴィドとエステルは、そのレストランからほんの数分のところに住んでいた。ステファンが店を出ても、ダヴィドはにぎやかにパーティをつづけていた。すでに時間の感覚はなかったが、しばらくすると、ステファンはどうして戻ってこないのだろうと不思議に思いはじめた。すぐにでも演奏したい気分になっていて、きっとステファンはだれかに会って遅くなっているのだろうと考えた。彼は家に戻り、ギターだけでなくベースも取ってくることにした。従弟に一緒に来てくれと声をかけ、少々酔っぱらった足どりで、大またで歩いていった。

ダヴィドが玄関のドアを開けたとたん、ステファンが駆け下りてきた。シャツはボタンが半分開いたままで、すそをズボンに押しこみながら、同時に上着を着ようとしていた。即座にダヴィドはなにがあったのか悟り、その顔を見て、ステファンも悟った。

「なあ、誤解するなよ」とステファンは言ったが、それ以上は話せなかった。ダヴィドが跳びかかったからだ。ふたりは玄関に近い床に倒れこんだ。従弟が止めに入るまで、ダヴィドはステファンを殴りつづけた。喧嘩には、ぶつかる音や怒鳴り声が混じり、下の階の老婆が目を覚ました。老婆はドアを開け、すぐにまた閉めた。そのころにはステファンは現場から逃げ、ダヴィドは怒りにわれを失った。

「このクソ野郎。最低のクソ野郎……」

エステルが階段の上に現われた。彼女は泣いていて、一瞬、ダヴィドと目が合った。つぎの瞬間、ダヴィドは外に飛びだし、彼女は駆け下りて追いかけ、泣きじゃくりながら「ダヴィード！ ダヴィード！」と名前のうしろを引き伸ばし、悲鳴のように叫んだ。けれども彼はどこかに消え、従弟が彼女を家に連れ戻して、寝るようにと言った。

それ以来、エステルとダヴィドは口をきいていなかった。彼女は彼に連絡をとろうとしたが、話そうとしたとたんにダヴィドに電話を切られた。あの夜、ダヴィドは、まっすぐベネディクトとソルヴェイの家に行った。彼らはキッチンでダヴィドにつきあい、朝になってようやく彼はしぶしぶベッドに入った。それからずっと、彼はふたりの家にいた。事態を両親に知られたくなかったからだ。親の耳には入らなくても、うわさが広まって、じきによその人の耳には入るだろう。ダヴィドは立ち直れず、ベネディクトは何時間も彼につきあって、これが世界の終わりではないと説得した。しばらくはなんの手応えもなかったが、最終的に、ステファンと会うことをダヴィドに納得させた。ステファンは眠れないほど悩んでいるんだ、と彼はダヴィドに何度も話した。

「酒のせいだ」とベネディクトは言った。「おまえらは飲みすぎるんだ。あいつだって、しらふだったらあんなことしなかったさ」

彼らはスープを食べ終え、ウェイターが器を下げた。

「俺、しらふだったらあんなことしなかったよ」ステファンは言った。「ほんとうに、なにも覚えていないんだ」

「どっち側だったんだよ」

「それがどうだっていうんだ?」

「俺には大事なことなんだ」

ダヴィドは声を荒げ、外国人たちが彼らのほうを見た。

「俺たち、二十年来の友だちじゃないか」とステファン。「あんなことにならなきゃよかった。俺の人生の最大の過ちだ」

「十五年だ」ダヴィドは訂正した。「知り合ってからまだ十五年だよ」

ウェイターがカナッペを持ってきた。ダヴィドはビールをもう一杯注文し、ステファンもそれにならった。カナッペは期待はずれだった。

ダヴィドは、ベネディクトの家に身を寄せて以来、一家と同じ時間に起床していたので、ベネディクトが子どもたちを学校に送っていく時間に乗馬クラブに行くようになった。その時間は、ステファンに会う危険がまったくないのがわかっていたし、馬と一緒に一日を始めるのは楽しかった。ダヴィドはつねに馬を信頼し、馬も同じ気持ちでいるのがわかった。その時間の乗馬仲間は知らない顔ばかりで、ダヴィドは入ったばかりかときかれた。彼はもう何年も前から通っているが、ふだんはほかの時間に乗っていると答えた。彼がだれなのか気づいた人がいて、「そうですよね、夜のお仕事が多いでしょうから」と言った。

ダヴィドは、毎朝たいていスターのようすも見に行った。スターは彼がわかり、会えてうれしそうだった。ステファンがどんなにだめなやつでも、馬にまでつれなくしたりはしないとダヴィドは自分に言いきかせた。たいてい彼は、スターに少量の干し草かライ麦パンをそっと食べさせた。スターは気だてがよく、ダヴィドとステファンが一緒に馬に乗っていると、レッドを置いていかないよう気づかった。まるで年老いたレッドに恥をかかせないように思いやっているようだった。

あるとき、エステルが乗馬クラブに来た。彼女はベネディクトに電話して、ダヴィドの居場所を聞きだした。彼女は父親の車でやってきて、ダヴィドの車の隣に停めた。彼女が来たとき、彼は乗馬を終えて馬の手入れをしているところで、彼女がレッドの厩舎の前に来るまで気づかなかった。彼女は不安げに彼を見つめ、彼がなにか言うのを待った。けれども彼はなにも言わず、ただ彼女を見つめ、ステファンと一緒にいる姿を思い描いた。そして彼女の前を通り過ぎ、車に乗って走り去った。

彼らはカナッペを食べ終えるとシュナップスを注文した。店は混みはじめ、客たちの声が音楽と溶けあった。ステファンはグラスをのぞきこんで言った。「十五年だよ、ダヴィド。十五年間ずっと、おまえは俺の親友だった。俺のこと、許せるか」

ダヴィドはしばし宙を見つめ、顔を上げた。

「わからん」と彼は言った。「おまえを許せるかどうか、わからん」

そう言いながら、ダヴィドはなにか悲しくなり、ステファンは感情がこみあげて目を拭った。彼らは黙って一緒に過ごす方法を知っていた。バスやタクシーや飛行機で、長年そうしてきた。今、こうしてテーブルで黙りこんでも、気まずさは増しもしなければ、減りもしなかった。誕生日パーティ以来、どちらも大酒は飲んでいなかった。ダヴィドはベネディクトの家の暮らしに慣れ、ステファンは、あの件はアルコールのせいだと悔いて、完全に断酒しようかと考えていた。けれども今は、ビールとシュナップスをつぎつぎに注文し、酒が化合してみじめさを麻痺させてくれないかと願うばかりだった。

知り合いの男が入ってきて、彼らのテーブルに来た。愉快な男で、彼の話にみんなで笑った。やがて男は席を立ち、一緒に店に来た連中と合流し、ダヴィドとステファンは勘定を払って店を出た。外は寒くなっていた。予報では霜が降りると言っていた。深夜零時が近かったが、どちらも家に帰りたくなかった。ステファンは角を曲がったところにあるバーに寄って、寝る前の一杯を飲もうと言った。ダヴィドは悪くないと思った。彼はステファンが好きで、誕生日以来、彼がいなくてさびしかったのは、認めないわけにいかなかった。自分でも、それがなにより奇妙だった。本来なら、はらわたが煮えくりかえっているべきときに、彼は喪失感を抱いていた。あんなことをしたステファンを憎んでいないのは、どこか正しくないような気がして、彼は悩んだ。実際、正しくないと思った。けれども、自分ではどうすることもできず、なすすべがなかった。その一方で、彼を許せる日が来るのか、疑わしかった。これもまた、自分ではどうすることもできなかった。

バーは超満員だった。客のなかには知っている顔もあったが、言葉は交わさなかった。彼らは飲みつづけ、昔の思い出話になった。酒のせいで感傷的になり、どちらも酔いが回って、そのときだけは誠実な気持ちになっていた。それでも、エステルのことには触れなかった。ついにその話題になったのは、真夜中になって、許してもらえるかとステファンがもう一度ダヴィドにきいたときだった。ダヴィドは前と同じように答え、ステファンはエステルのことは許せるかときいた。ダヴィドはわからないと答えた。

「頼むよ、ダヴィド、あいつはいい子だ。すべて俺が悪かったんだ。俺を憎んでいいから、あいつのことは許せ」

「おまえを憎んでなんていない」とダヴィドは言った。「おまえを憎んだことは一度もない」

「憎んでかまわない。俺は憎まれて当然だ。だが、エステルは憎むな。あいつはいい子だ。すべて俺が悪かったんだ」

「おまえを憎んでなんていない」

「いや、憎んでくれ。俺を憎め。だが、エステルは憎むな。あいつを憎んだらいけない」

翌日、ダヴィドはどうして馬の話になったのか思い出せなかった。正確にはわからなかった。会話には「つぐない」という言葉は一度も出てこなかったが、その言葉は、あとになってダヴィドの頭に一度ならず浮かんだ。頭に浮かんだのはその言葉だけではなかったが、ほかのは不愉快だったので考えないようにした。

「あいつらは信頼できる」とステファンが言ったのを、彼は思い出した。「レッドとスター。あいつらはどんなときでも信頼できる」

「レッドはだいぶ歳をとった」ダヴィドは言った。「ゆうべ、あいつを失う夢を見た。レッドとエステルの両方を。俺がひとりぼっちになる夢を見た」

「全部俺が悪かったんだ」

「レッドもだいぶ歳をとった」

「おまえにスターをやるよ」ステファンは言った。「あいつをもらってくれ」

ダヴィドは拒んだが、かたくなではなかった。いつのまにかふたりは握手を交わし、それだけでなく、ステファンはバーテンダーからもらった小さな紙ナプキンに念書まで書いた。

彼らはバーの外で抱きあい、ダヴィドはナプキンをポケットに入れた。東には青白い月があり、ときどきその前を害のない数片の雲が横切った。空気はぐっと冷えこんでいた。

「俺のこと、いつか許してくれるか」別れぎわにステファンが言った。

ダヴィドはもう許していると答えた。

ステファンはタクシーに乗ったが、ダヴィドは歩いてベネディクトの家に帰ることにした。ポケットに手を入れてナプキンを取りだし、街灯のあかりでしばらくじっと見てから、財布を出して二枚の千クローナ札のあいだにしまった。スターのことを思い、その流れるような動きを、その前向きさとスタミナを、長い歳月のあいだにステファンが獲得した数々の賞を思った。そして、傾斜した天井の下の壁際にある、エステルと彼のベッドを思った。

ベネディクトの家まであと少しというところで、ダヴィドは衝動を抑えきれず、通りがかったタクシーを停めた。後部座席に座り、どれほど疲れていたか初めて気づいた。乗っているあいだ、ときおりまぶたが落ちたが、戻ろうとは思わなかった。彼女に会わなければいけないからだ。目的地に着くと、運転手が彼をつついた。ダヴィドはびくっとしたが、なんとか助けを借りずにタクシーを降りた。

「ほんとに待ってなくていいですか」運転手がきいた。

ダヴィドは、その必要はないと答えた。

彼女は眠っていた。ダヴィドは起こさないよう慎重に動いたが、それでも彼女は体をもぞもぞ動かし、起き上がって体を振るった。彼女はすぐに彼に気づいた。彼がなでてやると、やわらかな瞳で彼を見つめた。そのとき、ダヴィドははっとした。この馬を彼に譲ったステファンは、この子を裏切ったのだ。それは、長年きょうだい同然だったレッドを裏切った自分も同じだった。「きょうだい」というのが、その厩舎で彼が使った言葉だった。そして、馬とエステルを交換した自分を責め、彼は泣いた。

去っていく彼をスターは見つめた。彼は後ろ手で扉を閉め、大量の涙がほほを伝った。財布にしまったナプキンを取りだし、丸めて泥のなかに放った。

目覚めたとき、ダヴィドはナプキンのことをぼんやり思い出した。正午が近く、雨が降りだしていた。干し草はやわらかく、レッドのにおいで、今どこにいるのかわかった。彼はすぐには目を開けず、屋根に当たる雨音に耳を澄ませた。そして、彼の部屋の天窓を思い浮かべ、傾斜した天井の下のベッドに横たわっていると、ときおり現われる月を思い浮かべた。

十一月

リチャードは、雨のなか病院の外に立ち、娘のジューンを待っていた。なかで待つのはいやだった。死のにおいや、死を考えるのが耐えられなかった。自分も負傷すればよかったと思ったが、その運はなかった。車は助手席側にぶつかった。彼の肩と首はシートベルトのせいで少しひりひりしたものの、それだけだった。診察のあと、看護師たちから非難の目で見られているような気がした。すべて思い過ごしなのはわかっていたが、それでもその感覚は消えなかった。そのころ、すでにキャスリンは手術台の上にいた。

リチャードとキャスリンは、誕生日やクリスマスにジューンの家で顔を合わせた。ジューンはなんの心配もなくふたりを一緒に招待できた。ふたりとも相手に対して、そしてほかのすべての人に対して、つねに完璧に礼儀正しくふるまったからだ。テーブルではよく隣りあって座ったが、どちらの態度にもぎこちなさはなく、会話に過去のこだまが混じることはなかった。かなり前から、パーティのあとは彼がキャスリンを家まで送るのがならわしになっていた。同じ方向だったし、ジューンやドンをわずらわすこともなかったからだ。娘夫婦は後片づけだけで十分忙しかった。キャスリンは、町の西側の海辺にある1LDKのアパートに住んでいた。ときどき彼は、わざと近道を避けて彼女を送っていくことがあった。一緒に車で過ごすのは少しもいやではなかったからだ。彼らの町はボストンのすぐ北にあった。ジューンの家の近くの丘からはボストンの市街が見えた。

離婚は避けられなかった。原因は、百パーセント彼にあった。キャスリンは彼の飲酒癖にぎりぎりまで耐え、世話をして、症状をごまかすのを手伝った。結婚当初は、彼は当時の常識的な量しか飲まず、その後も週末に町に出たときや、友人の家のパーティに出かけたときしか飲まなかった。けれども、年月につれて酒量が増え、週末は引きのばされ、やがて一週間、二週間、ひと月になっていった。

リチャードはメイン州の治療施設に入った。そこに入るのは容易ではなかったが、家族や同僚が嘆願書を書き、金銭面はロータリークラブの仲間が助けてくれた。リチャードは役所で弁護士として働いており、上司は理解があった。そして、治療を終えて自宅に戻ると、信仰を新たにした熱心なキリスト教徒のような話しかたになっていた。あらゆることを経験して、奇跡など信じていないキャスリンでさえ、今回はたしかに本物かもしれないと思った。もちろん、最初の数カ月は用心深く見張ったが、彼の決心は固く、隠しだてするようすもなかったので、彼女も徐々に警戒をゆるめた。そして、また一緒に芝居を見に行ったり、郊外や海辺の自然保護区に散歩に出かけるようになった。リチャードは、キャスリンとジューンに過去のつぐないをしたいと言い、ほかにも、キャスリンがうれしくなって、いつまでも心に残るようなことをたくさん口にした。

だから、リチャードの逆戻りは、痛烈な打撃だった。彼はしばらく前からこっそり飲んでいて、キャスリンはどうして気づかなかったのかと自問した。リチャードは何度もやめると約束したが、酒に手を出さずにいる時間は長くはつづかなかった。

もうキャスリンをだますのは無理だった。彼女には第六感があるらしく、天気に敏感でかなり前から嵐の到来が分かる人のように、これから起きることを察知した。ついに彼女の手にも余るようになって、彼らは離婚した。ジューンは十代だった。当然、ジューンは動揺したが、理解できる歳にはなっていた。母娘は仲がよく、一緒にいるとたがいにしあわせだった。その関係のおかげで、ふたりは人生に耐えられた。

リチャードは仕事を失った。数年間はあまりにひどかったので、娘に会いに行ける状態に回復しないまま数カ月が過ぎることもあった。娘のジューンには、リチャードがかつてと同じ人間にはとても見えなかった。その後、彼はボストンに引っ越して、彼と同じように苦しい生活をしている女とつきあった。リチャードはすっかり母娘の視界から消え、ふたりは彼のことを過去形で話すようになった。そのころには、キャスリンは地元のエネルギー企業でフルタイムで働き、ジューンは高校でよい成績を収めていた。ごくたまにリチャードの名前が話題に上ると、キャスリンは彼の悪口を言わないよう気をつけた。

リチャードが酒をやめたのは、体がもたなくなったからだ。病院に運ばれ、検査の結果、アルコールの害が肝臓と腎臓だけでなく、心臓にもおよんでいることがわかった。見舞いに来たキャスリンとジューンは、彼がいつ死んでもおかしくないと覚悟した。けれども彼は徐々に回復し、数週間後にはふたたび自分の足で立てるようになった。さまざまな施設で六カ月過ごしたのちに、彼はアパートを借り、さらにはロータリークラブの仲間のおかげで、国税庁の仕事に就くことができた。その後まもなくジューンが大学を卒業すると、彼はキャスリンの家で開かれたパーティに一番乗りで顔を出した。彼はジューンのプレゼントに、オックスフォード英語大辞典を全二十巻揃えて持っていった。リチャードはあまり話をしなかったが、それでも彼がいるとなんとなく気まずかった。

今夜は、ジューンとドンの娘のケイトの八歳のお誕生日会だった。昼間にケイトの友だちが招かれて、女の子たちがピザとケーキを食べておうちに帰ったあと、夜は大人たちが招かれた。集まったのはドンの両親ときょうだいと、リチャードとキャスリンだった。ジューンはチョコレートとフルーツの二種類のケーキを焼き、みんなでコーヒーとケーキを楽しみながら、そういう集まりのときにだれもが話す話題をあれこれ語った。小さなケイトはくたびれて、十時近くなるとぐずりだし、リチャードは子ども部屋に連れていって、誕生日プレゼントにもらった本を読んでやった。ケイトはすぐに眠り、彼はそのあとも長いあいだそばに座っていた。雨が降りだし、風が強まったので、彼は部屋を出る前に窓を閉め、ミントを数粒口に放りこんだ。

リチャードとキャスリンが帰途についたのは、十一時近かった。金曜の夜でなければもっと早く出ていただろう。ドンのきょうだいはまだ残り、ジューンとドンが後片づけを終えたらトランプをするつもりだった。家の前は空いていなかったので、リチャードは通りの先に車を停めていた。彼はキャスリンに玄関で待つようにと言って、雨のなか車を取りに行った。しばらくして戻ると、彼女のためにドアを開け、ワイパーのスイッチを入れた。雨は激しく降っていた。

その晩は、彼女の家まで遠回りをしないことにした。走りだしてまもなく赤信号で停まり、リチャードはそのあいだに曇った窓ガラスを拭いた。

「あのおちびさんも大きくなったな」彼は言った。

「ええ、ほんとうね」

「ママに似てきたよ」

「いろいろね。でも、パパにも似てきたわ」

「ああ、だが、ママのほうにもっと似ているな。いつも動きまわってる」

「ほんとにいい子だわ」

通りの車は多くなかったが、リチャードは雨のなかを慎重に運転した。彼はゆっくり走るのが習慣で、ハイウェイでも、ほかの車が追い越しやすいようにつねに右端の車線を走った。この車は中古で買った。日本車で、信頼できた。一週間前に点検に出し、もう少ししたら冬用のタイヤに変えるつもりだった。十一月だが、まだ雪は降っていなかった。

「すごい降りだな」リチャードは言った。

「週末はずっと雨ですって」

「ジューンはいい娘だ。ほんとうによく働く。きみの遺伝だな」

「あの子たちの家は、いつ行っても楽しいわ」とキャスリン。「ドンもよく家事をしているし」

「ああ、ジューンはドンと一緒になってしあわせだ。あんなにかわいいケイトもいる。近いうちにもうひとりって予定はないのかね」

「さあ、ふたりとも忙しいから。ジューンは昇進したばかりだし、ドンは出張が多いし。彼、クリスマスの前にオレゴンに二週間行かなければならないんですって、聞いた？」

「いや、聞いてないな。その話のときは、たぶんケイトに本を読んでやっていたんだろう。二週間か」

「ええ、そう言ってたわ。彼、人当たりがいいから。だから、ほかの人じゃなくって彼が行かされるのね、きっと」

「ああ、そうだろう。しかし、早くもうひとり産まれるといいなあ。ふたりとも、ほんとうにいいママとパパだ」

海へつづく丘の下り坂にさしかかり、リチャードはさらにスピードを落とした。激しい雨でほとんどなにも見えず、しかも窓ガラスはまた曇っていた。彼は左手でハンドルを握り、右手で曇りを拭った。

「ケイトはなかなか寝なかった？」キャスリンがきいた。

「いいや、ちょっと本を読んでやったら、すぐに寝たよ。一日遊んでくたくただったんだろう」

「でも、あなた、あの子の部屋に三十分はいたわよ」

「そうか？　そうかもしれないな。部屋を出る前に、あの子がちゃんと眠ったか見届けたかったんだよ。気持ちよさそうに眠ってた。あの子のママが子どもだったころを思い出してね」

遠くに街が見えた。まっ暗な雨のなか、街のあかりは懸命に暗闇を突き破ろうとしているようだった。リチャードはフロントガラスのヒーターの温度を上げ、窓をわずかに開けて曇りを取ろうとした。さっきよりもよく見えるようになった。そして、自分が育ったあの街は、子どものころからずいぶん変わったと感慨にふけった。

「きっと、あっという間にクリスマスだ」リチャードは言った。「こんなに日が短くなると、あかりをつけて過ごさなきゃならない時間が増える。だが、きみはもともと気にしないほうだったな」

キャスリンは答えず、ひざに置いたバッグをいじった。

「リチャード」しばらくして彼女は言った。「またお酒飲んでるの？」

彼はぎくりとした。

「なんでそんなことをきくんだ？」

質問したときは、彼女はまっすぐ前を見ていたが、今は彼のほうを向いて、じっくり観察していた。

「また飲みだしたのね」

リチャードはうそをつこうとは思わなかった。無理なのはわかっていたからだ。そのかわりに、パーティに参加した自分を責めた。大まちがいだった。キャスリンに見破られるのはわかっていたはずだ。

「あなたが来たときから、飲んでいるのはわかったわ。ケイトの部屋から出てきたときも。ポケットに小さなびんが入ってたんでしょ？」

リチャードはなにも言わず、運転に集中した。

「酒を飲んでなんかない」ようやく彼は口を開いた。「前のようにはね。たまにひとくちかふたくちすするだけだ。血行をよくするために。誤解しないでくれ」

「飲酒運転ね」

「ぼくは酔っぱらってない。なんで決めつけるんだ？」

「車を取りに行ったときも、また飲んだんでしょ。ダッシュボードにまだお酒が入ってるんじゃない?」

「きみが考えているようなことじゃないんだ。ちゃんとやっているさ。断酒してもう六年だ。ケイトはまだ二歳だった。あの子はぼくが酒を飲んでいるのを見たことがないんだ」

「今日の夜まではね」

「あいつらに言うなよ。そんなことしないでくれ、キャスリン。二度とこんなことはしないから」

キャスリンはまたひざの上のバッグをいじった。動かして、開けて、ハンカチを取りだそうとした。

事故が起きたのは、彼女がバッグに手を入れたときだった。

リチャードは赤信号を直進した。彼は赤信号に気づかず、ほかのあらゆることに気づかず、意識はすべて自分の胸の恐怖に向いていた。もしかしたら、彼の目はダッシュボードに向けられていたのかもしれない。あるいは、ハンカチを出そうとバッグに手を入れたキャスリンに向けられていたのかもしれない。彼は真新しいジープの前にまっすぐ走りこんだ。運転していたのは十八歳の若い男で、両親に借りた車で映画から帰る途中だった。若者は煙草臭かったが、飲酒に関してはわからない、と警察は言った。病院に到着したとき、リチャードは警察からそう言われた。若者が酒を飲んでいたかどうかは不明だが、血液検査をすると警察は言った。若者はキャスリンと同じように手術室に運ばれたが、命にかかわる怪我ではなかった。

だが、キャスリンの容態は違った。ジープは、彼女が座っていた助手席側に速度を落とすことなく突っこみ、運転席側からでなければ助けだせなかった。彼女は意識不明で、血が顔を伝っていた。リチャードは携帯電話を持っておらず、たとえあったとしても救急車を呼ぶ力があるか疑わしかった。

事故直後にタクシーが現場を通りかかり、運転手が事故を通報した。そのとき、リチャードはまだ車内に座ったままで、身じろぎもせずじっとしていた。このまま動けなければいいと願っていた。

警察と救急車が到着する前に、かろうじて彼はダッシュボードから携帯用の酒びんを取りだした。タクシーの運転手がジープの若者を介抱しているすきに、道端の草むらに酒びんを捨てた。

診察を終えた彼は、病院の廊下で待った。看護師が、ご家族に連絡しましょうかとたずね、彼は、結構です、自分で連絡しますと答えた。受付の電話をお使いくださいと言われたので、彼は立ちあがってゆっくり歩いていった。もうすぐ夜中の十二時だった。電話は白かった。

そして今、彼は外の雨のなかに立って待っていた。キャスリンは危険な容態で、手術はどれくらいかかるかわからないと医師は言った。風は、芝生にある旗ざおをなぎ倒しそうな勢いで吹きつけ、街路樹が前後に揺れた。一台の車が駐車場に入ってきて、産科の前で停まった。若い男に支えられて、妊婦が車から降りた。

リチャードは、キャスリンに助かってほしいのか、自分でもわからなかった。それに気づいたとき、胃が裏返りそうなほどいやな気分になった。彼はその考えを遠ざけようとした。「あの女が助かれば、ジューンにすべて話すだろう。死んでしまえば、だれにもわからない」という声を黙らせようとした。

彼は雨のなかに立ちつくして待った。風はさらに強まった。ふと彼は、道端に捨てた酒びんのことを思った。まだ半分以上残っていた。

十二月

クリスマスから新年のあいだの、だいたい二十八日か二十九日に、古い友人同士でジョーとデビーの家に集まるのがならわしになっていた。一緒にディナーを楽しみ、いつもそのあとトランプをしようといって、結局しなかった。そのかわりに、おしゃべりして、ワインを飲み、歌を歌った。ヘンリーは酒をやめていたが、歌には加わり、ほかの連中に負けずに楽しんでいる実感があった。断酒したのは数年前で、今も毎週日曜の朝に、海にほど近い教会で開かれる断酒会のミーティングに通っていた。ミーティングは一時間で、終わると彼は、自分は本当に運がいいとあらためて思った。彼はエンジニアで、暮らしには余裕があった。妻のフェイは、上のふたりの息子が大学に入ると、実験助手の仕事に戻った。一番下は中学生だった。手のかからない子で、ほとんどいつもパソコンの前にいた。だれもがうらやむ結婚生活だった。

パーティはいつも遅くまでつづいたが、ヘンリーの断酒以来、彼とフェイは一時には帰るようになった。だれも文句は言わなかったものの、ふたりがいなくなったら、連中は彼が酒をやめたことを悪気のない冗談のねたにするのはわかっていた。もしかしたら、これまでのクリスマスパーティで起きた事件の昔話もするかもしれない。ヘンリーが外に飛びだして、庭の雪だるまと戦ったことなどを話すのだろう。自分では覚えていなかったが、翌朝起きると、フェイがこと細かに喧嘩のようすを話してくれた。その話からすると、雪だるまのほうが優勢だったらしい。

ヘンリーがほかの人より先に帰りたがることに、フェイは一度も文句を言わなかった。パーティが佳境に入り、仲間たちがその晩すでに話した話を繰り返したり、これまでに数えきれないほど話した昔話を繰り返すようになったら、素面《しらふ》ではつきあいきれないだろうとわかっていたからだ。その晩、ヘンリーはいつもより早く彼女に合図を送りはじめた。外は雪が降りしきり、彼は新車のジープで家まで走るのが楽しみだったからだ。クリスマスの二日前に納車されたばかりで、雪が降ったのは今日が初めてだった。彼は食事の最中も降る雪を眺め、朝までに除雪されるのは幹線道路だけにしてほしいと願った。

ヘンリーが車から雪を払うあいだ、デビーはフェイと一緒に玄関に立っていた。ジョーはブーツをはき、外のヘンリーのところへ行った。そして、車をひとまわりして、もっと大きなタイヤに変えろと助言した。ヘンリーはつまらない助言だと思ったが、ジョーの気分を害したくなかったので、なにも言わなかった。ジョーは自分のジープを改造して、車高を上げていた。フェイはアウトドア用の靴を持ってきていなかったので、男ふたりが手を貸して車まで連れていった。

「寝る前に家の前の雪かきをしておかないとな」ジョーは言った。

ジョーとデビーは手を振って、走り去るヘンリーとフェイを見送った。

車は革のにおいがした。ヘンリーはそのにおいを大きく吸いこんだ。フェイは白ワインをたっぷり飲んだうえに、赤ワインも少し飲んでいて、ヘンリーに体を寄せてきた。ヘンリーは、今晩、フェイがよそに注意を向けているあいだに、彼女をじっくり眺めた。彼の目には、彼女はいつでも美しかったし、彼女がほほえむと、彼もほほえまずにはいられなかった。

「車に乗るときに足が濡れちゃったみたい」とフェイは言って、ハイヒールを床に落とし、足を折って体の下に入れた。「雪が降るなんて思わなかったわ」

「車はすぐに暖まる」ヘンリーは言った。「じきに乾くよ」

ヘンリーはダッシュボードのボタンを押して温風を強めた。フェイは座席に体を丸め、彼に体を押しつけた。二十四年前に出会ったときと同じように、彼は今も彼女が愛しかった。彼女の髪がほほに触れてくすぐったかったが、彼は体を引かなかった。

「こいつは雪で性能を発揮するって言われたんだ。路面のグリップがいい」

「明日、ウィルはスキーに行くんだわ。あたし、帰ったらあの子のサンドウィッチを作らなくちゃ。明日の朝、作らなくてもいいように」

「ぼくが作るよ。まだ四輪駆動を試すチャンスがないから、明日、ぼくがあの子を送っていこう。出かける前にサンドウィッチを作るよ」

「ありがとう、ダーリン」そう言うと、フェイはラジオをつけ、つぎつぎに局を変えて、結局、消した。

「なんであたしたちが聞くようなのをやってないのかしら。どの局も同じような曲ばっかり」

「ぼくらの歳の人間はもう寝ている時間なんだよ。この時間に流すのは、ティーンの音楽だけさ」

フェイはほほえんだ。「ぼくらの歳って……ねえ、あたしたち、いくつになったと思う？　ジョーは五十歳よ」

「ああ、あいつはぼくらより年上だから」

「あなたとは二歳しか違わないわ」

フェイはからかうような声で言った。ふたりはほほえんだ。

街は白い毛皮の下で眠っていた。古い灯台が暗闇に白い光の筋を放った。少なくとも今晩は、お決まりの光でなく、欠かせない光を放っているように見えた。ヘンリーは、彼と友人たちが生まれてからずっと暮らしてきた、この控えめなニューイングランドの街に深い愛着を感じていた。カリフォルニアで勉強していたあいだも、この街が恋しかった。彼はゆっくりと車を走らせ、道のりを楽しんだ。

「あのなかで、あたしが一番若いのよね?」フェイは言った。

「ほんとうかい」

「それって、どういうこと?」彼女はひじで彼をつついた。「まるで初めて聞いたみたいな言いかたね」

「もう歳だから忘れたのさ。だが、そんなに違うわけじゃないだろう?」

ヘンリーはほほえみ、フェイはほほえみ返した。

「ええ、そんなにはね」

車内は暖かくなり、ヘンリーは温風を弱めた。

「足はまだ濡れているかい?」

「触ってみて」

「届かないよ」

「手を伸ばせば届くでしょ」

「そんなことをしたら道からそれて、雪の吹きだまりに突っこむよ」

「いいじゃない、ふたりで体を温めあえば。覚えてる？」

「大昔の話だ」

「こんな雪だったわね。入り江に着いて、あなたはすぐに灯台のそばに車を停めた。あれは、この近くだったわ……」

「ワインの飲みすぎじゃないのか？」

「あなた、歳をとりすぎちゃったの？」

「ふたりとも、歳をとりすぎてるよ」

「あたしは大丈夫」

フェイは彼の耳たぶにキスしてささやいた。「あなただってまだ大丈夫よ」

「少なくとも、ぼくはマイケルみたいにはげてないぞ」

「マイケルは気の毒ね」

「ジョンソンもだ。あいつらは派手にはげたな」

「あなたとジョーは、まだふさふさだわ」

「ああ、ありがたいことにね。今のところ、白髪になっただけだ」

車は湖を通り過ぎた。息子たちが幼かったころ、ここでよくスケートをした。木々の枝は雪の重みでたわんでいた。気温は零度をわずかに下回っていた。湿った雪だったが、道を走るジープのグリップは良好だった。ヘンリーはジープが横滑りしないのを確かめようと、理由もなく車線変更をした。

「ヘンリー」フェイが言った。

「ん？」彼は上の空で応じた。

「あたしの秘密、聞きたい？」

「ああ、聞きたいね」

「ううん、やめておくわ」

「どうして？」

「だって」

フェイはまたヘンリーに体をすり寄せた。

「家に帰ったら、お楽しみが待ってるわ」

「ウィルが起きてるぞ」

「あの子はアレックスの家に泊まりに行ったはずよ。忘れたの？　明日の朝、一緒にスキーに行くのよ」

「ああ、そうだった。アレックスと一緒に行くんだったな」

「だから、あたしたちふたりきり」

ヘンリーはまた車線変更をした。

「ねえ、あなただって、若い女とベッドに入るのは楽しみでしょ？」

「秘密を聞かせてくれたらね」

「いいえ、言いたくないわ」

「そうか」

「だって、怒らせちゃうかもしれないもの」

「怒ったりしないよ」

「約束する？」

「いったいどれだけ飲んだんだ？」

「約束する？」

「ああ、母さんのお墓にかけてね」

フェイはヘンリーのほほと首にキスをして、ささやいた。「あたし、ときどきセックスの最中に、あなたじゃない人を想像するの。ジョーとか」

ヘンリーは胃に鋭い痛みを感じ、手のひらが汗ばんだが、表に出さないよう努めた。

「どうして？」

「怒ってる？」

「いいや」

「言わなきゃよかった」

ヘンリーは赤信号で停まった。信号は長いあいだ赤のままだった。

「よく考えるのか」

「いいえ、ごくたまに」

「どうして?」

「さあ。妄想っていうか。あなたはそういうことないの?」

「いいや」

「言わなきゃよかった。いけないことをした気分だわ……」

ヘンリーは信号をにらみつけ、青に変わるのを待った。自分がどう思っているのかわからなかった。自分でもつかめなかった。

「ねえ、あたしとベッドに入るの、楽しみ?」

ヘンリーはフェイを強く抱きよせた。言葉には出さなかったが、楽しみだった。


フェイが眠ったあと、ヘンリーはリビングに行った。窓辺の椅子に座り、あかりはつけなかった。雪明かりが部屋を照らしていた。ベッドで汗をかいた彼は、風邪をひかないようバスローブを着ていた。雪はやみ、まっ白な庭に月が輝いていた。

とてもよかった。いつもよかったが、今回は極上だった。性交のあいだじゅう、彼は妻が言ったことを考え、彼に抱きつく妻に、今、べつのだれかを妄想しているのかときいた。

「なにを考えてるんだ?」彼はささやいた。

「なんにも」フェイはささやき返した。

「ほんとうか」

「ジョーのこと考えてほしい？　それがお望みかしら？」

極上の歓びだったが、体から興奮の潮が引いた今、かわりに不安と怖れと奇妙な悲しみが彼を満たした。今度会ったとき、これまでと同じ目でジョーを見ることはできないだろう。ジョーはなにも悪いことをしていないし、これまでずっと、まさに一番誠実な友人だったのだが。

ヘンリーは庭を見つめ、自分をいさめようとした。考えの向かう先が気に入らなかったからだ。フェイを責め、彼女は不義を働いたのだと自分に言いきかせようとした。彼はもともと理性的で分別があり、ものごとがうまくいかなくてもたいていは冷静さを保てたが、今回は分別をなくしそうで怖かった。過去のできごとを思いだし、自分の偽善を責めた。フェイは空想がさまようのを許しただけだ。それはそんなに悪いことか。彼を傷つけたか。今晩、家に帰ったとき、彼女がジョーのことを妄想するのを間接的にそそのかしたのは自分ではないか。

ヘンリーは朝まで窓辺に座っていた。そして、キッチンに行ってウィルのサンドウィッチを作り、地下の倉庫から自分のスキーとスキーウェアを取ってきた。それらを玄関に持っていって、ブーツをはき、ジョーとデビーの家に行ったときに着ていた上着から、車の鍵と財布を出した。道にはほとんど車はいないだろう。彼は自分の思いをいさめ、山へのドライブを、ハイウェイを、脇道を、目的地の白い斜面を、すがすがしい山の空気を考えようとした。

上着を着て、玄関のドアを開けようとしたところで、彼は立ちどまった。指は車の鍵を握りしめていたが、その力をゆるめて、家のなかに戻った。出がけに消したあかりは、そのままつけなかった。目は暗がりに慣れ、寝室まで来るとドアをそっと開け、入口で立ち止まり、そのまま両手を脇に垂らした。

フェイは眠っていた。彼女の呼吸はゆっくりと規則正しく、彼の呼吸は速かった。彼は呼吸が落ち着くまで少し待った。そして咳払いをして、静けさのなかに告げた。「ぼくはデビーと寝た」

フェイはまったく動かなかった。外の木に飾ったクリスマスの赤いライトがカーテン越しに光り、ベッドにかすかな光を投げかけた。フェイの寝顔は安らかで、ほほえんではいなかったが、まるでこちよい夢を見ているようだった。

「ぼくはデビーと寝た」ヘンリーはもう一度言って、つけ加えた。「二度。酔ってたんだ」

フェイは目を覚まさなかったが、寝返りを打って、ぼそぼそ寝言を言った。

ヘンリーはしばらく待って、ふたたびドアを閉めた。そしてスキーとサンドウィッチとスキーウェアを持って外に出た。また雪が降っていた。なにもかもまっ白だった。彼は車に乗り、長いあいだただ座っていたが、やがてようやく走りだした。

訳者あとがき

本書はオラフ・オラフソンの短篇集 ***Valentines***（二〇〇七）の全訳です。オラフソンはアイスランド出身の作家で、英語とアイスランド語で作品を発表しています。

ここに収められた作品を読むと、なによりもその簡潔さに驚かされます。文章も構成もこのうえなくシンプルで、それでいて心の機微にまっすぐに切りこんでくる鋭さがあります。「恋人たち《ヴァレンタインズ》」と題する本書には、一月から十二月まで、十二の愛のかたちが描かれています。なにげない男女の日常がささいなきっかけで揺らぎはじめ、やがて思いもよらない方向へ動きだします。伝えられないやさしさ、胸にしまった不満、ふとした気の迷い——登場人物たちの心の揺らぎは、わたしたちにも思い当たることばかりで、読みすすめるうちに、彼らの物語が自分のもののように感じられることでしょう。

わたしが初めてオラフソンの作品に触れたのは、アメリカのすぐれた短篇小説に与えられるO・ヘンリー賞の受賞作品集（*The O. Henry Prize Stories*）でした。二〇〇八年の受賞作品集には、スティーヴン・ミルハウザーやアリス・マンローなどそうそうたる名前が並んでいますが、そのなかにオラフ・オラフソンという見慣れない名前がありました。その不思議な名前の響きに惹かれて読んだのが、本書では「四月」のタイトルで収録されている"On the Lake"です。作品集の他の作品とはまったく手触りのちがうその率直さに、虚を突かれたような衝撃を受けました。一見単純な作品に見えますが、シンプルなものほど作家の繊細なバランス感覚が要求されます。その端正な魅力に惹かれて、つづいて手にしたのがこの短篇集でした。

オラフ・オラフソンは、一九六二年、アイスランド、レイキャヴィク生まれ。奨学金を得てアメリカのブランダイス大学で物理学を学んだのち、作家としてデビューしました。作品は英語とアイスランド語で発表しており、長篇小説 *Slóð fiðrildanna*（*The Journey Home*）は、アイスランドで記録的なベストセラーになりました。本書は、*Aldingarðurinn* のタイトルでアイスランド語でも刊行され、二〇〇六年のアイスランド文学賞を受賞しています。ほかにも戯曲を発表するなどアイスランド内外で活躍をつづけています。

じつは、オラフソンには、日本ともつながりの深いもうひとつの顔があります。彼は大学卒業後、ソニー・アメリカに入社し、たちまち頭角を現わして、同社が設立したソニー・インタラクティブ・エンタテインメントの初代社長となり、ゲーム機「プレイステーション」の世界展開の立役者となりました。当時の「ビジネス・ウィーク」誌では、技術とエンタテインメントの両方を理解して橋渡しができるソニーでもたぐいまれな人物と紹介されています。現在はアメリカのタイム・ワーナーの上級副社長を務めています。

このように、ビジネスの分野でも卓抜した業績を上げているオラフソンですが、作家であることが自分の根本だと考えているようです。あるインタビューでは、「ビジネスの世界に入ったのは偶然で、今でも驚くことがある。この世界に入ろうと思ったことは一度もなかった。（中略）その一方で、書くことは根源的な欲求なんだ。書いていないと心が満たされない。とてもシンプルなことだ」（Book Browse.com より）と述べています。本書には、祖国を離れてアメリカで活躍するアイスランド人や、余暇に玄人はだしの風景画を描くビジネスマンが登場しますが、そこにはオラフソン自身の姿が重ねられているようです。

アイスランドは、ヨーロッパ北部、イギリスのさらに北に浮かぶ島国です。面積は日本の北海道よりやや広く、人口は秋田市とほぼ同じ約三十二万人。人口密度は一平方キロメートル当たり三人と世界最小レベルです。日本の人口密度はその百倍以上ですので、いかに人がまばらかご想像いただけるでしょう。

北側が北極圏に接するため、「氷の国」の名のとおり、国土の約一割が氷河に覆われています。同時に火山国でもあり、昨年、同国南部のエイヤフィヤトラヨークトル氷河にある火山の噴火の影響で、ヨーロッパ各地の空港が閉鎖されたのは記憶に新しいところです。小さな国ながら、地球の鼓動がダイレクトに伝わってくる場所でもあります。また、本書にも出てくるようにサーモン釣りでも世界的に有名で、開高健氏もヨクサ川での体験を『フィッシュ・オン』に記しています。

アイスランドには中世のエッダやサーガにさかのぼる文学の伝統があります。「八月」に出てくる「古ノルド語の詩の本」は、おそらくエッダのことでしょう。一九五五年にはハルドル・ラクスネスがノーベル文学賞を受賞するなど、現在もその伝統は息づいています。オラフ・オラフソンの父親、オーラヴュル・ヨハン・シグルズソンも作家でした。

アイスランドのアーティストのなかで日本でもっとも知られているは、音楽のビョークとシガー・ロス、美術のオラファー・エリアソンでしょう。いずれも、ほかのなにものともちがう、独自の世界を持っています。その秘密について、シガー・ロスのキャルタン・スヴィーンソンはこう語っています。「アイスランドは小さな国で、人も少ないから、空間がたくさんあるんだ。そこからインスピレーションを受けるっていうのが大きいかな。周りの人たちとの距離感というかね」（『Takk...』ライナーノーツ）。人が少なくて空間がたくさんあるこの環境は、シンプルな言葉でそれ以上のものを表現するオラフソンの作品にも大きな影響を与えているように思います。

オラフソンの作品を読んでいると、ひんやりとした希薄な空気と透明な光が行間に広がるのを感じます。それは抑制のきいた文章だけでなく、登場人物たちが感情を胸にしまい、行動を慎みがちなところからも生まれています。彼らはみな豊かで礼儀正しい暮らしを送っているのですが、感情をあらわにせず、言うべきことも胸に秘めて、人との関わりも一歩引いてしまうところがあります。そしてそれが心のすれちがいの元となって、思わぬ事態を引き起こすことになるのですが、この抑制のきいた端正さは、荒涼とした自然のなかに人間が点々と存在しているアイスランドの風土と深く結びついている印象を受けます。

オラフソン自身がそうであるように、本書には祖国アイスランドを離れて暮らす人々が多く登場します。彼らは異国に長く暮らし、根を下ろしたかに見えても、心はなおアイスランドにあることが言葉の端々から伝わってきます。また、家族のつながりの深さも印象的です。嫁ぐ娘のしあわせを願い、母のために大みそかのパーティを開き、いい大人になってもぶざまな失敗が両親にばれないよう案じ、ふるさとのお墓の心配をする——なにげない一節からも、今のわたしたちには少々古風に感じられるほどの、素朴な家族の絆が伝わってきます。

最後に、アイスランドの独特な名前のシステムについて触れておきましょう。アイスランドでは、他の国々のように家族の名前としての姓ではなく、多くの場合、父親の名前に接尾語をつけて姓にします。たとえば、男性なら「父の名＋sson」、女性なら「父の名＋dóttir」が姓に当たる部分になります。つまり、オラフ・オラフソン（アイスランド語名は正式にはÓlafur Jóhann Ólafsson）は、Ólafurの息子のÓlafur Jóhannという意味になりますし、本書の「五月」に登場する主人公ヨハン・ヨンソン（Johann Jonsson）の娘マリア（Maria）は、アイスランド式なら、姓はヨンソンではなく、Maria Jóhanndóttirとなります。つまり、同じ家族でも姓が異なるわけですが、逆に、先祖をたどるのは容易です。名前ひとつにも、小さな国ならではの伝統と誇りが感じられます。

これまでにオラフソンが英語で執筆した作品は以下のとおりです。アイスランド語の作品については、アイスランド文化の紹介サイト http://www.sagenhaftes-island.is/en/icelandic-literature/authors/nr/207 をご参照ください。

長篇小説

Absolution（一九九四年）

The Journey Home（二〇〇〇年）

Walking into the Night（二〇〇三年）

短篇集

Valentines（二〇〇七年、本書）

この作品に出会い、現在のアイスランド文学の一端を紹介できることを大変うれしく思います。翻訳は英語版に基づいています。翻訳にあたっては、白水社の藤波健さん、金子ちひろさんに今回も大変お世話になりました。そのほか多くの方々に貴重な助言をいただきました。ありがとうございました。切なくてユーモラスな十二の愛のかたちを、どうぞお楽しみください。

二〇一一年二月　聖ヴァレンタインの日に

岩本　正恵

訳者略歴
一九六四年生まれ
東京外国語大学英米語学科卒
翻訳家
主要訳書
J・ランザ『エレベーター・ミュージック』
M・コステロ／D・F・ウォーレス『ラップという現象』
A・ヘモン『ノーホエア・マン』
P・カルネジス『石の葬式』
J・ノヴァコヴィッチ『四月馬鹿』
C・キーガン『青い野を歩く』
（以上、白水社）
P・キャメロン『最終目的地』（新潮社）
A・リンギス『信頼』（青土社）など

〈エクス・リブリス〉
ヴァレンタインズ

二〇一二年四月二〇日　第一刷発行
二〇一三年四月一五日　第三刷発行

著　者　オラフ・オラフソン
訳　者　© 岩《いわ》本《もと》正《まさ》恵《え》
発行者　及川直志
印刷所　株式会社　三陽社
発行所　株式会社　白水社
東京都千代田区神田小川町三の二四
電話　営業部〇三（三二九一）七八一一
　　　編集部〇三（三二九一）七八二一
振替　〇〇一九〇-五-三三二二八
郵便番号　一〇一-〇〇五二
http://www.hakusuisha.co.jp
乱丁・落丁本は、送料小社負担にてお取り替えいたします。

誠製本株式会社

ISBN978-4-560-09015-2

Printed in Japan

エクス・リブリス

デニス・ジョンソン　柴田元幸訳
ジーザス・サン

デニス・ジョンソン　藤井 光訳
煙の樹

ポール・トーディ　小竹由美子訳
イエメンで鮭釣りを

ポール・トーディ　小竹由美子訳
ウィルバーフォース氏のヴィンテージ・ワイン

ロベルト・ボラーニョ　松本健二訳
通話

ロベルト・ボラーニョ　柳原孝敦／松本健二訳
野生の探偵たち（上・下）

ロイド・ジョーンズ　大友りお訳
ミスター・ピップ

アティーク・ラヒーミー　関口涼子訳
悲しみを聴く石

クレア・キーガン　岩本正恵訳
青い野を歩く

ヴィルヘルム・ゲナツィーノ　鈴木仁子訳
そんな日の雨傘に

オルガ・トカルチュク　小椋 彩訳
昼の家、夜の家

ペール・ペッテルソン　西田英恵訳
馬を盗みに

サーシャ・スタニシチ　浅井晶子訳
兵士はどうやってグラモフォンを修理するか

オラフ・オラフソン　岩本正恵訳
ヴァレンタインズ

ミゲル・シフーコ　中野学而訳
イルストラード

ラウィ・ハージ　藤井 光訳
デニーロ・ゲーム

カルロス・バルマセーダ　柳原孝敦訳
ブエノスアイレス食堂

エドワード・P・ジョーンズ　小澤英実訳
地図になかった世界

蘇童　飯塚 容訳
河・岸

ポール・ハーディング　小竹由美子訳
ティンカーズ

コルム・トビーン　栩木伸明訳
ブルックリン

オラシオ・カステジャーノス・モヤ　細野 豊訳
無分別

キルメン・ウリベ　金子奈美訳
ビルバオ－ニューヨーク－ビルバオ

ジョー・ブレイナード　小林久美子訳
ぼくは覚えている

アルベルト・ルイ＝サンチェス　斎藤文子訳
空気の名前

マルカム・ラウリー　斎藤兆史監訳　渡辺／山崎訳
火山の下【エクス・リブリス・クラシックス】

エミール・ゾラ　竹中のぞみ訳
パリ（上・下）【エクス・リブリス・クラシックス】

ルイジ・ピランデッロ　白崎容子／尾河直哉訳
ピランデッロ短編集　カオス・シチリア物語【エクス・リブリス・クラシックス】